雅歌译丛

布莱克诗选
————

天堂与地狱的婚姻

The Marriage of Heaven and Hell

————

〔英〕
威廉·布莱克
William Blake
著

张德明
译

山东文艺出版社

译 序

威廉·布莱克的名字对中国读者来说并不陌生，凡是读过他的《天真与经验之歌》的人都会对这位英国诗人孩童般天真透明的抒情风格和恶魔般深刻峭拔的讽刺笔调有深刻的印象。然而，抒情诗仅仅是他创作的一个方面，这位诗人主要的兴趣不在这里。

  我必须创造一个体系，否则就会成为别人体系的奴隶；
  我将不进行推理和比较，我的工作是创造。
（《耶路撒冷》）

这是他塑造的象征型形象罗斯的宣言，也道出了他自己一生追求的终极目标。他实现了这个目标，凭借一系列他自称为《先知书》的散文诗和长诗，把"宗教神秘主义、社会批评、感官的强度和哲学的思辨奇妙地熔于一炉"，这位诗人创造了一个深邃宏大而又黑暗神秘的象征主义体系。如果说，《天真与经验之歌》使布莱克成为英国浪漫主义六大家中的佼佼者，得以与华兹华斯平起平坐，那么这个体系则使他从文学领域昂然步入哲学、心理学、文化人类学领域，成为与尼采、弗洛伊德等人同气相求的"智性修正者"（intellectual revisionist）。

按照荣格的说法，伟大的艺术家都是一些赋有"原始灵魂"的人。这种人对由种族或民族的"集体无意识"表象积淀而成的原型（archetype）具有一种特殊的敏感，并能通过艺术形式将其传达于外在世界，从而象征性地投射出全民族乃至全人类的"希望、价值观、恐惧与殷望"。从这种观点来看，我们可以说，布莱克正是这样一个"集体人"。作为一个生活在理性主义和工业革命时代的艺术家，"他以先知的幻觉洞察到了未来，看到了现代社会中人的状况"，[①]并通过神秘的象征主义体系投射出了他的（也是不列颠民族的）希望、价值观、恐惧与殷望。

布莱克生于牛顿逝世后的三十年即1757年，正是理性主义和机械论世界观形成并臻于完善的时代。笛卡儿早在此前一个世纪就宣称他发现了统治世界的至高无上的原则——数。一切可用数字度量，一切可用规则约束。牛顿接过他的衣钵，将充满灵性的活生生的宇宙降格为一架按照力学原则冷漠运转的机器；而洛克则更进一步将灵感和想象逐出了认识领域，宣称心灵不过是一块被动地接受感官刺激的"白板"。蒸汽机则是这种机械世界观的具体体现之一。于是莎翁笔下那个纯朴而"快活的英格兰"（the merry England）被卷入了工业革命浪潮，成千上万的人离

[①] 见《大英百科全书》"威廉·布莱克"条，https://www.britannica.com。

开了乡村,被驱赶到被布莱克斥之为"魔鬼的磨盘"(Satanic Mill)的机器旁,"时刻不停地擦亮铜和铁,繁重地劳作着,却不知它的用途"。(《伐拉,或四天神》)

面对这个枯燥无味的"由理生"统治的世界,作为一个具有非凡的幻觉和灵感的艺术家,布莱克比常人更为强烈、敏锐地感到抽象理性统治一切将给人类生存带来的威胁。在1788年出版的两个小册子《没有一种自然宗教》和《所有宗教同出一源》中,他对牛顿、洛克的机械认识论展开了抨击。通过反论的方式,他力图指出感官和理性的局限,以恢复想象和灵感的崇高地位。在他看来,崇尚感官和抽象理性的力量只会使我们越来越成为自然和物质的奴隶,只有想象力或"诗才"才能使我们超越有限的感官,进入无限,并在瞬间把握住永恒真理。

一年以后在欧洲大陆爆发的法国大革命和继而在英国引起的反响更使他确立了这样一种信念:世界上许多罪恶皆起因于丧失想象力,以及人的自由与活力得不到张扬。在他看来,法国大革命是一个征兆,它标志着转变的时代来到了,理性压抑活力或灵魂压抑肉体的时代将被活力统治一切的时代所取代。在这个时代里,肉体或感官将成为"灵魂出入的主要通道"。作为一个自觉的先知和预言家,他感到自己有责任为这个新天地的诞生、为"地狱里的活力"的复活呼喊,于是他写下了《天堂与地狱的婚姻》这部预言式的奇书。

从某种意义上说,《天堂与地狱的婚姻》是布莱克思想的"真正诞生地和秘密",它为诗人构建神秘的象征主义体系奠定了思想基础。

初看之下,这部散文诗集简直是一个大杂烩:一首序诗、五篇"难忘的幻觉"、七十则"地狱的箴言"、一首"自由之歌",仿佛是临时拼凑到一起的。这正是恶魔般尖刻的布莱克有意和被理性驯服得萎缩了的世人所开的玩笑。"凡宏伟的作品对弱者来说必然是晦涩难懂的。"他对一位朋友说:"我才不在乎白痴能否看得懂呢……"其实,全诗的内在思想是一致的,即从善恶观入手展开对传统的、以理性为基础的价值观的批判。毫不夸张地说,布莱克比尼采早整整一个世纪就提出了"重估一切价值"的口号。

按照传统的观点,善恶之间的界限是一清二楚的。"善是被动的,它服从理性。恶是主动的,它来自活力。善就是天堂,恶就是地狱。"但在布莱克看来,这不是善恶的本来面貌,因为它已经被虚伪的宗教颠倒了,必须正本清源,在历史的考察中彻底翻转。人,就其本性来说,是无所谓善、无所谓恶的,只有顽强的生存意志和欲望。是它们推动着人在蛮荒时期不屈不挠地沿着"死亡之谷"播撒生命的种子,把"玫瑰种在荆棘丛生的地方",让"蜜蜂在不孕的灌木丛中歌唱"。于是荒野变成了沃土,累累白骨上长出了血肉。人类的文明由此开启。但随着文明的发展,一些"恶棍"出现了,"他们的欲望已经微弱到足以抑制了",于是把完整的人性割裂成灵与肉、情与理两个截然分离的部分,在这基础上建立起一种弱者的道德和宗教。这种道德最大的弊端是造成了人的驯服和萎缩。人在压抑肉体冲动、生存欲望的同时也丧失了创造力和活力，社会因此而僵化，创造世界的巨人被弱者的镣铐所束缚。

　　针对教会对理性的发扬和对活力的否定，布莱克用七十则"地狱的箴言"提出了一套完全与之悖反的价值观——行动哲学，一种强者的道德。在他看来，衡量善恶的唯一标准是行动。有为即善，无为即恶。"有欲望而无行动者滋生瘟疫"，"有欲望而无行动等于把婴儿扼杀在摇篮中"。"审慎"不过是"无能所追求的一位富有而丑陋的老处女"，丧失了生育能力。只有行动才能使荒凉的自然变成丰盛的果园，"丰盛即美"。但是，布莱克对"行动"的含义是有严格限定的。他曾写道：

　　　　我所理解的恶就是否定……阻碍别人不算行动，这是矛盾，这对我们自己的行动和被阻碍者的行动都是一种限制。因为那阻碍别人的人忘记了当时他自己的责任。谋杀是阻碍别人。偷盗是阻碍别人。诽谤、中伤、陷害以及所有否定的行动都是恶的。

可见，只有肯定性的，亦即创造性的行动才是真正的行动，因为它推动了人类社会的前进。

　　布莱克令人赞叹之处在于他掌握了辩证法的精髓，看到了"没有对立便没有进步。吸引与排斥、理性与活力、爱与恨,都是人类生存所必需的"。同样,行动者与阻碍者,亦即创造者与毁灭者也是对立的统一,就像后来弗洛伊德说的"本我"与"超我"一样,永远处在斗争中。创造者过度的欢乐必须由毁灭者像海洋一样来吞没掉。"地球上总是存在这两种人,他们应该互相为敌;谁想使他们和好,等于毁灭存在本身。"

《天堂与地狱的婚姻》中的基本思想,在《先知书》中以象征符号的形式表达出来了。《先知书》是布莱克在1790年代创作的一系列预言式长诗的总称,其中包括反映历史大事的"革命先知书"(《法兰西革命》《阿美利加》《欧罗巴》《罗斯之歌》)和模仿《圣经》的"先知书"(《由理生之书》《阿哈尼娅之歌》等)。在这些长诗中,诗人开始了他最富有独创性的尝试:用原创性的象征符号体系来阐释历史事件,努力找到其中隐含的人性结构,揭示出人类的命运和前途。他创造了四个神话式的象征形象——由理生、罗斯、艾涅哈蒙、奥克,把这些长诗连为一个整体,构成一个二元的动力系统:由理生和奥克的永恒冲突。

由理生(Urizen)这个形象,从字面上看,是由"你"(you)和"理性"(reason)构成的。另有人认为这个词无论从音响或意义上都源于一个希腊词 horizon,意为"用罗盘仪画图,立界限"。毫无疑义,由理生这个形象象征了理性、秩序、限制、界限。由此,由理生成了一个具有多重面目的"神"。从神学或宗教的角度看,由理生就是

《圣经·旧约》中的上帝，他在混沌中创造了世界，又把它严格限制起来，"自我封闭，排斥一切"：他创造了最初的人，又用神秘的宗教之网和严格的"十诫"来控制他们，使他们逐渐萎缩并丧失了创造的活力。从政治的角度来看，由理生象征了各民族的国王、专制暴君，他们颁布种种法律，力图在变动不居的世界中建立一体化的永恒秩序，"只允许一种命令，一种欢乐，一种欲望。/一种诅咒，一种重量，一种尺度，/一个国王，一个上帝，一种法律。"。从伦理的角度看，由理生象征了一种奴隶般服从法律、道德、传统和一切既定习惯的幽灵。

布莱克还特别强调了由理生和抽象理性的联系。在他眼中，由理生就是牛顿、洛克这些机械论哲学家和机器文明的具体化身。机械论哲学家将完整的世界切割、划分、度量，使之成为按照力学原则冷漠运转的机器；机器文明则将活生生的人降格为机器的奴隶，丧失了一切创造力和活力。

与由理生对立的形象是奥克（Orc），按字面意思是地狱或地狱中的魔鬼。他是有机体中待释放的能量，普罗米修斯式的盗火者，革命和反抗的精灵。奥克总是住在火中，以婴儿或蛇的形式出现；而由理生总是住在冰雪中，以老头的形象出现。

在布莱克看来，人的存在之悲剧性命运就是由理生与奥克之间永无休止的冲突，也就是保守与革命、理性与活力、头脑与心脏、老年与婴儿、上帝与魔鬼的永恒冲突。

这种冲突既发生于人类群体中,也发生在每个个体身上。唯一能在这种冲突中起缓冲作用的是罗斯(Los)——铁匠、艺术家、永恒的先知、人类想象力和创造力的化身。他努力在由理生统治一切的社会中,通过创造性的艺术活动来升华奥克,以恢复人性的和谐。

从 1797 年开始,布莱克投入了《伐拉,或四天神》的创作,企图建立一个体系更完整的神话模式,对人类历史和个体心理史作更系统的描述。他把《先知书》中的四个形象归并到新的体系之中,从而稍稍修正了《先知书》中的思想。

从形式上看,这部长诗和同时代的感伤主义诗人爱德华·扬格的《夜思》(整部诗篇由九个"夜思"构成)十分相似,但从思想上看,两者就不可同日而语了。

按照著名的布莱克研究专家比尔的说法,《伐拉,或四天神》是"英国文学史上最有趣而又最奇特的作品之一",布莱克狂放的想象力和创造力在这里得到了最出色的体现。按照长诗的描述,整个宇宙就是一个"巨人"或"宇宙人"(Universal Man)。他的元素(理性、活力等等)就是他完整人格的碎片。宇宙中的万物,如海洋、大陆、森林、田野、鸟兽虫鱼、男人女人,甚至日月星辰都是这个宇宙巨人的组成部分,例如森林是他的头发,河流是他的血管。但是"巨人"病了,他的元素们互相争斗,分裂成不同的实体。

整部长诗的象征主义体系可用下表①表示：

象征形象	乌通那/罗斯	路伐/奥克	由理生	大马斯
投影	艾涅哈蒙	伐拉	阿哈尼娅	爱尼侬
本性	想象、愤怒	活力、欲望	理性、控制	怜悯
职业与地位	铁匠、永恒的先知	酿酒者、爱的王子	农夫、光的王子	牧羊人、水手
元素	地	火	风	水
在躯体中的地位	心/耳	肝/鼻	脑/眼	肠/舌
方向	北	东	南	西

从上表不难看出，布莱克简直在用现代系统论的观点来描述人性。按照布莱克的看法，完整的人性（"宇宙人"或"永恒人"）具有四种能力，或由四大元素构成，即理性、活力、想象和怜悯，分别以由理生、路伐、乌通那、大马斯这四位天神作为象征。在永恒之中，四天神本是和谐共处于"永恒的巨人"胸中的，即人的各种天性本是互相平衡的，形成一种有序的结构。但由于人类精神的自我解体或自我异化，这种平衡状态被打破了。于是"永恒的巨人"病了，由理生和路伐争夺对"巨人"的统治权，结果由理生获得了胜利。罹病的"巨人"将统治权交给由理生，自己堕入昏睡之中。由理生利用手中的权力将其他三位天神逐出，控制了一切生命形式，以使自己的统治永恒化，但这遭到了其他三位天神的逐个反抗，他精心建立的秩序陷入更大的混乱。

不难看出，这正是对工业社会中人的存在状态的真实

---

① 该表据《布莱克诗歌全集》（英国朗曼出版公司1980年版）译制。

写照：抽象的理性从完整的人格中分裂出来，统治一切，从而造成人的精神支离破碎，各种天性互相冲突。尽管如此，人仍保持着对和谐状态的回忆和梦想，正如分裂后的四天神时时回想起永恒中的完美状态一样。布莱克认为，这种梦想是人类打破由理生的垄断统治，恢复理性与活力、精神与感官、灵与肉、人与自然平衡和谐的希望所在。《伐拉，或四天神》最后以巨人的觉醒、由理生的忏悔、黎明的到来为结局，象征地体现了这一思想：人类结束了抽象理性统治一切的噩梦时代，恢复了人与自身、人与自然的和谐。

布莱克逝世整整一百六十年了。在这一个半世纪里世界面貌发生了巨大的变化，西方社会物质文明的发展也已登峰造极。但整个世界的基本格局没有改变，西方社会仍然是"由理生"一统天下。正如两位美国未来学家所指出的，从机械论世界观形成至今"整整三百年过去了，但我们仍然离不开他们（培根、笛卡儿、牛顿——译者按）的思想"，"机器成了我们的生活方式与世界观的混合体……机械程序必须渗透生活的每一方面，这就是我们时代的历史模式，我们生活在机器的专制下。"[①] 西方人感到了抽象理性的局限与威胁，纷纷从东方神秘主义中寻求灵感。据上述两位美国学者统计，今天有五十多万美国人是佛教神学的信徒，有四五百万人在练习发源于东方的冥想、瑜伽等。看来，布莱克的预言正在得到印证，他当年的担忧也是今天西

---

① 见杰里米·里夫金、特德·霍华德：《熵，一种新的世界观》，吕明、袁舟译，上海译文出版社，1987年版。

方人的担忧，他当年的希望也是今天东西方人的共同希望。布莱克不愧为一个伟大的先知和预言家。他的声音在当时只是"旷野里的呼喊"，今天却在世界各地唤起了遥远的回声。

必须提醒读者的是，对布莱克的作品进行寓言式阅读是很危险的，因为那就会陷入他所痛斥过的"由理生之网"，把活生生的充满情感和幻觉的诗篇肢解成抽象概念。布莱克的诗首先是诗。尽管自《天真与经验之歌》以后他基本上放弃了抒情诗的创作，而投身于象征主义体系的构造，但优美的抒情调子仍不时透过神秘的面纱荡漾出来。《伐拉，或四天神》中有许多片段本身就是一首首优美的抒情诗，即使你不懂布莱克的体系，也能体会到它们奇特的美。例如描写奥克出生前的夜晚：

> 日光越来越弱渐渐隐没。黑色的转轮
> 开始了庄严的循环。大地在撕裂的痛苦中颤抖，
> 前后摇晃着，在艾涅哈蒙的呻吟中发出悲哀的呼喊，
> 低沉下去的竖琴和银铃声仍然抚慰着疲乏的卧榻；
> 但是从最深沉的黑夜的洞穴中出来，披着云雾下降
> 冬天展开他宽阔的黑色翅膀从南极飞到北极。
> 严酷的霜冻和可怕的冰雪，结成一条婚姻的锁链，
> 开始了忧郁的舞蹈。风聚集在岩顶上
> 如无数的蝙蝠，准备飞向四面八方。
> 艾涅哈蒙的呻吟摇撼着天空、辛劳的大地——
> ……………

诗人善于渲染神秘恐怖的气氛、运用奇特新鲜的意象的特点和庄严崇高的风格于此可见一斑。

本译本根据英国朗曼出版公司 1980 年版《布莱克诗歌全集》和美国新美图书馆 1981 年版《布莱克诗歌选集》选译,并参考了牛津大学出版社 1981 年版《浪漫主义诗歌和散文作品选》。在翻译中,始终得到我的导师飞白教授的指导,在此谨表谢意。

张德明
1987 年 4 月 12 日于杭州大学

补记:

本书原为三十多年前的旧译稿,乃当年撰写硕士论文的"副产品",1992 年由中国文联出版公司出版。此次承蒙同门剑钊师弟力荐,译者将其重新修订后交由山东文艺出版社收入《雅歌译丛》。借此机会向剑钊师弟和山东文艺出版社表示衷心感谢!

张德明
2019 年 2 月 28 日于杭州寓所

目 录

《所有宗教同出一源：旷野中的呼喊》(1788)

《没有一种自然宗教》(1788)

《天堂与地狱的婚姻》(1789—1792)

    011   Ⅰ. 争辩

    013   Ⅱ

    016   Ⅲ. 地狱的箴言

    020   Ⅳ

    032   Ⅴ. 自由之歌

《由理生之书》(1794)

    037   序曲
    038   第一章
    040   第二章
    043   第三章
    047   第四章
    053   第五章
    057   第六章

060　　第七章
063　　第八章
066　　第九章

《笔记本中的诗稿》(1791—1809)

071　　决不要渴望表白爱情……
072　　摇篮曲
074　　我恐怕我的风儿的狂暴……
075　　婴儿的悲哀
077　　田凫呵……
078　　宝剑与镰刀
079　　在桃金娘树荫下
080　　致诺伯爹爹
081　　老　虎
083　　病玫瑰
084　　禁欲与满足
085　　人与山
086　　对牧师的一个回答
087　　某些问题的答案
088　　可笑啊,可笑,伏尔泰,卢梭……
089　　论艺术
091　　梦幻之乡
093　　微　笑

《伐拉，或四天神》（节选，1797—1803）

  097 第一夜
  100 第二夜
  106 第三夜
  117 第四夜
  121 第五夜
  127 第六夜
  130 第七夜
  138 第八夜
  143 第九夜

《精神旅行者》（1803）

附录

  161 威廉·布莱克年表

《所有宗教同出一源:旷野中的呼喊》
(1788)

观点：既然获取知识的真正途径是实验，那么真正的致知才能必须是经验的才能。让我来探讨这种才能。

规则一、诗才①就是真正的人，人的躯体或外在形式是从诗才中生发出来的。同样，万物的形式也是从其才能中生发出来的。古人把这种才能称为天使、**精灵**或**魔鬼**。

规则二、正如所有的人在外在形式上都相似一样（还具有同样无限的多样性），所有的人在**诗才**上也相似。

规则三、没有人能通过心脏去思想、写作和谈话，但他必须致力于真理。因此所有哲学学派都来自适于每个个体软弱性的**诗才**。

规则四、正如没有人能在熟悉的土地上旅行而发现未知之物一样，从已经获得的知识中人不可能获得更多的东西。因此一种普遍的**诗才**是存在的。

规则五、所有民族的宗教都是从各个民族对**诗才**的不同接受中生发出来的，这种才能在各个地方都被称为**预言的精灵**。

规则六、犹太教和基督教的圣经最早是从诗才中生发出来的。这对于摆脱有限的肉体感官性是必要的。

规则七、正如所有的人都相似（尽管有无限的多样性），所有的宗教也都相似而且同出一源。

真正的人就是这源头，即**诗才**。

---

① 原文为 Poetic Genius，有"诗性的天才"或"神怪"等多重含义。

《没有一种自然宗教》

(1788)

A

观点：人只能通过教育来获得道德观念。从本性上说，他只是一个从属于感觉的自然器官。

Ⅰ. 人只能通过他的自然的或肉体的器官来理解事物。

Ⅱ. 凭着他的理性的力量，人只能比较和判断他已经感知的东西。

Ⅲ. 从已知的三种感觉或三种元素中，没有人能推论出第四种或第五种。

Ⅳ. 如果人除了感官的知解力以外一无所有，他就不能获得自然的或感官的思想之外更多的东西。

Ⅴ. 人的欲望受他的理解力所限制。没有人能欲求他所不曾理解的东西。

Ⅵ. 人的欲望和理解力只能通过感官得到开导，因此必然受限于感官对象。

B

Ⅰ. 人的理解力并不受限于知觉器官。他掌握的比感官（尽管它是如此精确）所能发现的更多。

Ⅱ. 理性，或概括我们已经了解的一切的能力，并不等同于我们获取更多知识的那种能力。

Ⅲ. [散佚]

Ⅳ. 有限者被它的所有者诅咒，甚至连宇宙也同样枯燥乏味，会变成一台具有复杂齿轮的磨盘。

Ⅴ. 如果占有众多和占有少量变成同一回事，迷误的灵魂就会呼喊"更多些，更多些"，而从不是将一切看作虚空。

Ⅵ. 如果谁欲求他没有能力占有的东西，绝望必然是他永恒的命运。

Ⅶ. 人的欲望是无限的，占有是无限的，他本身也是无限的。

应用：谁能在万物中看出无限，他就看到了上帝。谁只在万物中看出比例，他就只看到他自己。

结论：如果哲学或实验科学不具备诗的或预言的品格，它们马上就会降为万物的比例，除了重复同样枯燥乏味的事实外再也不能前进一步。

因此上帝变得像我们一样，我们也会变得像他一样。

 # 《天堂与地狱的婚姻》

(1789—1792)

Ⅰ. 争辩

伦特拉①咆哮着,在沉重的风中挥舞着火;
饥饿的云在海上动荡起伏。

曾经温顺的,在一条危险的小路上,
那正直的人坚定地沿着
死亡之谷②前进。
玫瑰种在荆棘丛生的地方,
不孕的灌木丛中
蜜蜂唱起了歌。

于是危险的小路上鲜花开放,
每一座山岩每一个坟墓
都有河流和小溪流淌,
累累白骨上
长出了血肉。

---

① 伦特拉(Rintrah)在布莱克的神话系统中代表预言的愤怒,他是一个先驱者和预言者,他的愤怒预示社会和自然循环的转折点来到了。——译注
② 这里似暗示耶稣过死亡之谷(一译"骷髅地")的旅行,据《圣经·以西结书》,由于神谕,死亡之谷的累累白骨被覆以血肉。——译注

直到那恶棍离开舒适的道路,
踏上了危险的小径,然后
把正直的人推进了荒野。

现在那卑鄙的蛇爬行着
温和而谦逊。
而正直的人在旷野发怒
狮子在那里徘徊。

伦特拉咆哮着,在沉重的风中挥舞着火;
饥饿的云在海上动荡起伏。

II

自一个新的天堂诞生至今已有三十三年①,永恒的地狱也复活了。看哪!斯威登堡②就是那个坐在坟墓上的天使,他的著作就是那折叠起来的尸衣。现在是以东③统治的时代,是亚当返回乐园的时代;请看《以赛亚书》第34章和第35章。

没有对立便没有进步。吸引与排斥、理性与活力④、爱与恨,都是人类生存所必需的。

从这些对立中产生了修行者们称之为善与恶的东西。善是被动的,它服从理性。恶是主动的,它来自活力。

善就是天堂。恶就是地狱。

魔鬼之声

所有的圣经和宗教戒律一向都是下列谬见之源:

1. 人具有两种真正的存在本原:一为肉体,一为灵魂。

---

① 斯威登堡在1757年宣称上帝已向他宣示了新的律令,至布莱克写作本诗时(1790年)刚好三十三年。布莱克宣称他正在创造一个新的天堂,地狱里的活力(energy)同时复活。——译注
② 斯威登堡(Emanuel Swedenborg, 1688—1772),瑞典神秘主义哲学家,对布莱克的思想有很大的影响。——译注
③ 据《圣经·福音书》,以东是以扫的被剥夺了继承权的后裔。——译注
④ 活力(energy),指推动人行动的种种欲望、冲动、能量、本能等,含义较广。——译注

2. 活力，即所谓的恶，仅来自肉体；而理性，即所谓的善，仅来自灵魂。

3. 上帝将在永恒中折磨那凭活力行动的人。

但与这些谬见对立的下列观点才是真的：

1. 人并没有与他的灵魂截然分离的肉体，因为所谓肉体不过是灵魂中能被五官感知的那一部分，而在这个时代①感官是灵魂的主要入口。

2. 活力是唯一的生命，它来自肉体，而理性是活力的束缚或外围。

3. 活力是永恒的快乐。

那些抑制欲望的人之所以那么干，是因为他们的欲望已经微弱到足以被抑制了；抑制者或理性篡夺了它的地位，统治了那不愿被抑制的欲望。

而由于被抑制，它逐渐变得被动，直到它仅仅成为欲望的影子。

这段历史就记载在《失乐园》里，那个统治者或理性名叫弥赛亚。

而原来的天使长，或天使军的统率者，被命名为魔鬼或撒旦，他的孩子则被命名为罪和死。

但在《约伯记》中，密尔顿笔下的弥赛亚名叫撒旦。

因为这历史已经被两者都采用过了。

在理性看来，似乎欲望被驱逐出去了；但魔鬼的解释是

---

① 布莱克在一份副本的页边自注，"这个时代"指1790年。——译注

弥赛亚坠落了，后来又用从地狱中偷来之物造了一个天堂。

这反映在《福音书》里，书里记载着他祈求圣父派圣灵或欲望来，理性也许知道自己要依赖于它，而《圣经》中的耶和华正是那位住在熊熊烈火中的人。

要知道，基督死后，他就成了耶和华。

但在密尔顿笔下，圣父就是命运，圣子就是五官之比例，而圣灵就是虚空！

注意：密尔顿写天使和上帝时仿佛戴着枷锁，而在写魔鬼和地狱时则自由自在，原因就在于他是一个真正的诗人，是不自觉地属于魔鬼一党的。

难忘的幻觉

当我在地狱之火中行走，并沉浸在天才的欢乐中时（这种欢乐对天使们来说似乎是痛苦和疯狂），我收集了他们的一些箴言；我认为，正如一国的谚语能反映其国民的性格那样，地狱的箴言比任何对建筑和服饰的描写都更好地反映了地狱的智慧的特性。

当我返家时，我看到在五官的地狱上，有一块平整的峭壁对着现实世界蹙额皱眉，一个巨大的魔鬼披裹着乌云，翱翔在这块岩石的坡面上。他用腐蚀的火焰写下下列句子，这句话现在已被人们的智慧所理解，被他们在尘世阅读：

你如何知道，每只穿过大气的小鸟，

都是一个无限欢乐的世界，被你的五官所拥抱？

Ⅲ. 地狱的箴言

播种时学习,收获时教导,冬天享受。

驾着你的大车和犁头碾过死人的白骨吧。

离经叛道通向智慧之宫。

审慎是无能所追求的一位富有而丑陋的老处女。

有欲望而无行动者滋生瘟疫。

被犁断的蛆虫原谅犁头。

把好水者置于河中。

傻瓜和聪明人看到的不是同一棵树。

谁的脸上不发光就永远成不了星星。

永恒爱上的是时间的产品。

忙碌的蜜蜂没时间悔恨。

愚蠢的时间由钟衡量,但智慧的时间没法衡量。

一切有益健康的食物都不是从网或陷阱中捕到的。

度量衡要在荒年颁布。

单凭自己的翅膀,没有一只鸟能高高飞翔。

尸体不会为受到的伤害复仇。

最高尚的行为是把别人置于你前面。

如果愚人坚持其愚蠢,他就会变聪明了。

愚蠢是无赖的斗篷。

羞涩是骄傲的外衣。

监狱由法律的石头砌就，妓院由宗教的砖块造成。

孔雀的骄傲是上帝的荣耀。

山羊的淫欲是上帝的博爱。

狮子的愤怒是上帝的智慧。

女人的裸体是上帝的作品。

过悲笑，极乐哭。

在凡人眼中，狮子的咆哮、狼的嚎叫、暴风雨中海的发怒，和毁灭一切的剑，都是过于伟大的永恒之组成部分。

狐狸责怪陷阱，而不责怪自己。

欢乐受胎，悲哀生育。

让男人穿狮衣，女人穿羊毛。

鸟有巢，蜘蛛有网，人有友谊。

窃窃自笑的傻瓜和愁眉苦脸的傻瓜都应看作是聪明的，他们也许是同一个家族的分支。

凡现已证实的都曾经只是想象的。

鼠、鼹、狐、兔，眼望树根；狮、虎、马、象，眼望果实。

水池蓄，泉水涌。

一个思想可充塞太空。

永远准备说真话，卑鄙的人就会避开你。

一切可信之物都是真理之象。

鹰决不会浪费很多时间屈尊向乌鸦学习。

狐狸供养自己，但上帝供养狮子。

清晨思想。中午行动。黄昏进食。夜晚睡眠。

上过你的当的人最了解你。

犁头听人使唤，上帝奖赏祈祷者。

愤怒的虎比说教的马更聪明。

死水有毒。

除非你知道什么是过度，否则你决不会知道什么是足够。

听听傻瓜的恶名：这是一个尊称。

火的眼睛，风的鼻孔，水的嘴巴，大地的胡子。

怯于勇气者善于使诡计。

苹果树从不问山毛榉如何生长，狮子从不问马如何觅食。

感恩的接受者带来一个丰收。

如果别人从来不傻，那一定是我们傻了。

甜蜜而快乐的灵魂决不会受污损。

当你看鹰时，你就在看天才的一部分：抬起头来！

毛虫总爱在最美的叶子上产卵，教士总爱对最正当的欢乐
  发诅咒。

创造一朵小花需要万年之功。

诅咒使人振作，祝福使人懈怠。

酒越陈越好，水越鲜越好。

祈祷者不耕作，赞美者不收获。

极乐不笑，极悲不哭。

崇高为头，痛苦为心，生殖为美，平衡为手足。

卑鄙之于卑鄙者，正如风之于鸟或海之于鱼。

乌鸦希望一切皆黑，猫头鹰希望一切皆白。

丰盛即美。

如果狮子听从狐狸的劝告，他也只会使使诡计。

修整使道路变得平直，但未加修整的曲径才是天才之路。

有欲望而无行动等于把婴儿扼杀在摇篮中。

人迹未到之处，自然一片荒凉。

真理决不会是只能理解而不能信仰的。

够了，太多了！

IV

古代诗人们创造出种种神和神灵,使一切感官对象变得生气勃勃,他们给这些对象命名,又用种种属性来修饰它们,如树林、河流、山脉、湖泊、城市、国家,以及他们那无所不包的感官所能感受的一切事物。

而且他们尤为注重研究每一城市和国家的风土人情,把它置于它精神的神明之下。

直到一种制度建立起来,有些人从中获利,并企图把这些精神的神明从其客体中抽象出来或加以理想化,来奴役人民。于是教士时代开始了。

从诗性的故事中选取崇拜形式。

最后他们宣称是诸神安排了这些事物。

这样,人就忘记了所有的神明原本就存在于人心中。

难忘的幻觉

预言者以赛亚和以西结与我一道进餐,于是我问他们怎么敢如此大胆地宣称上帝向他们说话;他们当时是否想到他们会被误解,并因此而被人利用。

以赛亚说:"以有限的知解力,我看不见上帝,也听不到他的话；但是我的感官在万物中发现了无限，而且正如我当时相信和后来一直坚持认为的那样，真正愤怒的声音是上帝之声，我不敢作推断，只是把它记录下来。"

于是我问："坚定地相信某物如此，是否真的会使它如此呢？"

他答道："所有的诗人都相信会这样，在想象的时代这种坚定的信念曾移走过大山；但许多人没有能力对某种事物抱一种坚定的信念。"

然后以西结说："东方的哲学曾教导过一系列关于人类理解的首要原则，有些民族采用其中一条为源头，有些采用另一条。我们以色列人则教导说，诗才（像你现在所称呼的）是第一原则，而其他所有原则不过是从中派生出来的——所以我们瞧不起其他国家的教士和哲学家，而且预言所有的神最后都将被证明为起源于我们的神祇，都不过是诗才的派生物。正因为此，我们伟大的诗人国王大卫① 才那么强烈地渴望，那么感人地祝福，据说正是凭这，他才征服了敌人，统治诸王国。我们是如此爱我们的上帝，以至于我们以他的名义诅咒周围民族的诸神，而且宣称他们已经叛变了；从这些观点中平民百姓终于明白，所有的民族最终将服从犹太人。"

"这，"他说，"像所有坚定的信念一样，已经发生了，因为所有的民族都相信犹太人的经典，崇拜犹太人的上帝，

---

① 古以色列英雄，幼年即在与腓力士巨人歌利亚作战时割下其首级，后成为以色列国王。——译注

难道还有比这更伟大的服从吗?"

我惊奇地听完了这番话,必须承认我心悦诚服。餐后我请以赛亚将他散佚的著作赐予世界,他说没有任何等价之物散佚。以西结也这么说。

我又问以赛亚是什么原因使他露身赤脚三年①。他回答说:"与我们的朋友——希腊人第欧根尼②露身赤脚的原因相同。"

然后我又问以西结为何要吃粪土,而且那么长时间左右侧卧③。他回答说:"是使其他人认识到无限的那种欲望。这是北美土著的习惯,那种仅仅为眼前的安逸和满足而拒绝其天才和良心的人是诚实的吗?"

按照古代的传说,世界将在六千年后毁于火,这是真的,与我从地狱中听到的一致。

因为手持带火的剑的小天使得到命令,要求他离开他守卫的生命树;④ 而当他离开时,整个创造出来的世界就会毁灭,显现无限和神圣,而它现在显现的则是有限和污浊。

这将随着官能享乐的进步而发生。

但首先得消除那种认为人具有一个与他的灵魂截然分离的肉体的观点。我将用地狱的腐蚀印刷法来消除它,这

---

① 见《圣经·以赛亚书》第二十章。——译注
② 第欧根尼(约公元前404—约公元前323),古希腊犬儒主义哲学家。——译注
③ 见《圣经·以西结书》第四章。——译注
④ 《圣经·创世纪》中讲到伊甸园中有生命树,吃了它的果实可长生不老。——译注

种方法在地狱中是有益的和可治病的,它熔化了表面的东西,而展示出深藏着的无限。

如果知解力的门都打扫干净了,万物就会向人显示其本来面目——无限。

因为人已经幽禁了自己,直到通过他洞穴的狭缝窥见万物时,他才获得解放。

难忘的幻觉

我在地狱的印刷作坊里看到了知识代代相传的方法。

第一个房间里住着巨龙族的人,正在清扫洞穴入口处的垃圾;里面有许多龙在挖洞。

第二个房间里有一条毒蛇,沿着岩石和洞穴盘成一圈,另外的蛇用金银珠宝给它打扮着。

第三个房间里是一只以空气为羽翼的鹰,它使得洞穴内部变得无限。周围是许多鹰一样的人,在广袤的悬崖上建造宫殿。

第四个房间里是一群熊熊燃烧的狮子,到处咆哮着,把金属熔解为流动的液体。

第五个房间里是不可名状的形式,把金属抛进茫茫太空。

它们在那里被住在第六个房间的人类所接受,以书本的形式排列在图书馆里。

那些曾把这个世界纳入其感性存在的巨人们，现在似乎是戴着锁链活在世上，实际上他们才是这个世界的生命之因和一切活动之源；而锁链就是软弱和被驯服的心灵的诡计，它们有对抗活力的力量——据地狱的箴言，"怯于勇气者善于使诡计。"

这样存在就分为两部分，一部分是创造，另一部分是毁灭。对毁灭者来说，似乎创造者身处他的锁链中，但实际上不是这样，他只能掌握存在的一部分，却幻想掌握了全部。

但是除非毁灭像海洋一样吞没创造的过度欢乐，否则创造将不成其为创造。

有人会说："难道上帝不就是唯一的创造者吗？"我回答："上帝仅仅行动，而且他就存在于万物和人之中。"

地球上总是存在这两种人，他们应该互相为敌；谁想使他们和好，等于毁灭存在本身。

宗教就竭力想调和这两者。

注意：耶稣基督并不希望团结他们，而是希望分裂他们，就像寓言中所说的分开山羊和绵羊一样。他说："我来并不是叫地上太平，乃是叫地上动刀兵。"①

弥赛亚或撒旦或诱惑者曾被认为是属于洪水②前巨人族中的一员，实际上他们都是我们的活力。

---

① 见《圣经·马太福音》第十章、第二十五章。——译注
② 据《圣经·创世纪》载，上帝创造了人类后，发现他们作恶多端，于是又用洪水毁灭之，在那场洪水中只有挪亚一家靠方舟活下来。——译注

难忘的幻觉

  一位天使来到我这里,说道:"可怜的愚笨的年轻人啊!恐怖啊!悲惨啊!想想你准备着来世要去的那熊熊燃烧的地狱吧,你正在往那里赶呢。"

  我说:"也许你会愿意向我展示我来世的命运吧,我们共同来思考这个问题,看看是你的命运还是我的命运更令人向往。"

  于是他带我穿过一个马厩,又穿过一座教堂,走进教堂的地下室,地下室的尽头是一座磨坊。我们穿过磨坊,来到了一个洞穴;下了弯弯曲曲的地洞,我们沿沉闷的道路摸索着前进,直到一片无限的虚空像地底下的另一片天空出现在我们下方,于是我们抓着树根悬在这无限的空间上。但我说:"要是你愿意的话我们就将自己交付给这虚空,看看天意是否也在这里;要是你不愿意,我愿意。"但他回答道:"别胡思乱猜了,年轻人啊;还是让我们待在这里,看你的命运吧,只要黑暗一消散,它就会出现。"

  于是我就和他坐在盘旋交错的橡树根上等着。他悬挂在一棵头朝下向着深渊的菌类上。

  渐渐地,我们看到一个无限的地狱,像一座着火的城市冒出的浓烟那么可怕;在我们下面无限远的地方有太阳,颜色虽黑,但放着光芒。它的周围布满了可怕的蛛网,许多巨大的蜘蛛爬在上面寻觅着它们的猎物,那些猎物在无限的深渊中飞翔着，或者不如说飘浮着，就像从深渊中跳出来的面目狰狞的野兽；空气中充塞着它们，仿佛就是用它们制成的。这些就是魔鬼，也叫空气之力。于是我问我的同伴哪个是我永恒的命运，他说："在黑蜘蛛和白蜘蛛之间。"

但此刻，只见在黑蜘蛛和白蜘蛛之间爆出了一朵云和一团火，从深渊中滚过，使下面的一切都变黑了，于是下面的深渊变得像海一样黑，滚动着发出可怕的轰鸣。此时我们脚下的一切都隐没不见了，只有黑色的大风暴在肆虐逞威，直到后来我们向东望去，透过云层和波浪看到一道血与火交混的大瀑布，离我们不远处有一条带鳞的大蛇盘在那里时隐时现。最后在东方大约三度远的地方，波浪上面出现了一个可怕的浪峰；它慢慢地耸立起来像一堵金色的巉岩，直到我们发现两个血红的火球。海从这里退出了烟云之中，此刻我们才看清这是列维坦①的头。他的前额像虎一样有一条条绿色和紫色的条纹，很快我们就看到了他的嘴和仿佛悬在滚动的泡沫上的红色腮帮，他以血红的光线染红了黑色的海水，他以只有精灵才有的那种狂怒向我们游来。

我的天使朋友从他待的地方爬上磨坊，我仍独自留在那里。然后那个东西隐没不见了，但我忽然发现自己坐在月光照耀的愉悦的河岸上，听一个竖琴手边弹边唱，他唱

---

① 《圣经·旧约》中的巨大海兽。——译注

的主题是:"一个从不改变自己见解的人就像一潭死水,滋生心灵的卑鄙。"

但我站了起来寻找磨坊,在那里找到了我的天使,他很惊讶,问我是怎样逃脱的。

我答道:"我们见到的那一切都归因于你的玄学,因为当你跑掉时,我忽然发现自己在月光照耀的河岸上听一位竖琴手歌唱。但既然我们已经看到了我永恒的命运,要不要我宣示你的命运?"他嘲笑我的建议,但我突然用胳膊强拉住他,穿过黑夜向西飞行,直到我们升到了地球的影子上。然后我拉着他径直飞进太阳里面。我在这里换上一身白衣服,手持斯威登堡的著作从这光明的领域沉下来,通过了所有星球一直来到土星。我在这里停下来歇了一会儿,然后跳入土星和恒星们之间的虚空中。

"这里,"我说,"就是你的命运,在这空间中,如果它可以称为空间的话。"不久我们看到了那马厩和教堂,我把他带到圣坛上,打开《圣经》,瞧哪!它是一个深池,我从这里下去,推那天使走在我前面。不久我们看到了七间砖房,我们走进其中一间;只见里面关着很多猴子、熊猫,还有所有这类生物,它们被铁链拴着,嬉笑着,厮打着,但由于铁链太短而受到限制。尽管如此,我仍看到它们的数目经常在增加,然后弱者被强者抓住,强者露出嬉笑的神色,先与之交尾然后把它们弄死,先扯下一肢,再撕下另一肢,直到整个身子成为无四肢的躯干。这样,在嬉笑和貌似亲热的接吻以后,它们也毁灭了;我还在各处看到有一只在津津有味地啃它自己尾巴上的肉。由于这场面实在太可怕，我们走进了磨坊，我在里面拾起一块骷髅骨，那是亚里士多德的《分析学》。

于是那天使说："你的幻想已经欺骗了我，你应该感到羞愧。"

我回答道："我们互相欺骗，与你这种只懂《分析学》的人交谈纯粹是浪费时间。"

因此对立即友谊

我总是发现天使们有虚荣心，总爱把自己说成是唯一聪明的；他们是带着一种出自系统推理的自命不凡的态度来说的。

因此斯威登堡夸口说他写的著作都是新的，尽管实际上它只不过是已经出版的著作的内容摘要或索引而已。

一个人带着一只猴子表演，因为他比猴子稍稍聪明一点，就虚荣起来，认为自己比七个人加在一起还要聪明。斯威登堡也是这样，他揭露了教会的愚蠢和虚伪，于是他就想象一切皆是宗教，唯有他是地球上独一无二的冲决罗网的人。

请听一个清楚的事实：斯威登堡从来没有写出过一个新的真理。还有另一个事实：他写的全是老生常谈的妄语。

现在请听理由。斯威登堡只与虔诚的天使对话，而不与魔鬼即一切恨宗教的人对话，因为他的谬见使他没有能力与魔鬼对话。

因此斯威登堡的著作只是他所有肤浅见解的一种反复论证和一种更傲慢而不是更进一步的分析。

还有一个清楚的事实：任何一位具有机械性才能的人都可以参考帕拉切尔苏斯①或雅各布·贝门②的著作写出与斯威登堡同等价值的一万卷著作来——而从但丁或莎士比亚的作品中可以引出无穷无尽的著作来。

但当他这样做的时候，不可让他说他比他的老师懂得多，因为他只是在阳光下点燃了一根蜡烛。

难忘的幻觉

有一次我在火焰中看到一个魔鬼，他升起在一个坐在云端的天使前面；这魔鬼吐出了这些话语：

"崇拜上帝就是尊重他赠予别人的礼物，根据各人天才的大小的赠予，并爱那些最伟大的、最优秀的人们。那些嫉妒和诽谤伟人的人仇恨上帝，因为除此以外没别的上帝。"

那天使听了这话，脸几乎变得发青，继而又控制住自己而变得发黄，最后又变成粉红色，微笑着，然后回答道：

"你这个偶像崇拜者，难道没有一个唯一的上帝吗？

---

① 帕拉切尔苏斯（Paracelsus，1493—1541），瑞士医生，新柏拉图主义者。——译注
② 雅各布·贝门（Jacob Behmen，1575—1624），17世纪德国神学家。——译注

他不是借耶稣基督显形了吗?耶稣基督不是已经颁布了十条戒律吗?所有其他人不都是傻瓜、罪人和微不足道的小人吗?"

魔鬼回答道:"你虽用杵,将愚妄人与打碎的麦子一同捣在臼中,他的愚妄还是离不了他。① 如果耶稣基督是最伟大的人,你应该以最大的程度来爱他。且听听他怎样颁布他的所谓十诫吧:他不是嘲笑安息日,从而也嘲笑了安息日的上帝吗?不也谋杀了那些因他之故而被谋杀的人吗?不也保护了行淫时被拿的妇人不受制裁吗?不也偷盗了那些供奉他的人们的劳动吗?当他在彼拉多②面前不为自己辩护时,他不也作伪证吗?当他为他的门徒祈求,当他命他们把脚上的尘土抖落以抗议人家不供食宿时,他不也贪婪吗?我告诉你,不打破这十诫就不会有道德存在。耶稣是大善大德,他是凭冲动,而不是凭戒律行动的。"

当他说完这番话时,我看见那天使张开双臂拥抱那熊熊燃烧的烈火,于是他毁灭了,后来作为以利亚③而再生。

注意:这个天使,现在已变成魔鬼,他是我的知己。我们经常一起阅读《圣经》,从中看出它的地狱的或魔鬼的含义,如果人们将其引为规矩,世界就会具有这种含义。

---

① 此话源出《圣经·箴言》第二十七章。——译注
② 把耶稣送上十字架的罗马总督。——译注
③ 《圣经》中的先知。——译注

我还有一本地狱的圣经①——不管人们是否愿意，世界将拥有它。

对狮子和公牛都适用的一条法律就是压迫。

---

① 地狱的圣经可能指布莱克的两部"预言诗"《阿美利加》和《欧罗巴》，及一部"创世纪"《由理生之书》。——译注

V. 自由之歌

1. 永恒的女性①呻吟着,呻吟声传遍了整个大地。

2. 阿尔比恩②的海岸病了,寂静无声;美洲草原衰竭。

3. 预言的影子沿着湖泊和河流飞翔,咕哝着穿过大洋。法兰西,砸烂你的地狱③呀!

4. 金色的西班牙,粉碎那古罗马的围栅呀!

5. 哦罗马,把你的金钥匙④扔进大洋中——深深地沉下去,直沉到永恒深处。

6. 然后哭泣。

7. 她用颤抖的手抱起那新生的恐怖,嚎叫着。

8. 此刻在被大西洋隔绝的,那些无限的光之山脉上,新生的火焰站在众星之王面前。

9. 带着雷霆冰雪皱眉蹙额的可怕面目,嫉妒的翅膀在海上拍击。

10. 长矛的手在高处燃烧,盾牌被解开,嫉妒的手在燃烧的头发中伸出,奋力把新生的奇迹扔出茫茫星夜。

11. 火,火,落下来了!

---

① 永恒的女性这个形象是发展的,在这里指大地母亲。——译注
② 阿尔比恩是不列颠的古称。——译注
③ 指巴士底狱。——译注
④ 罗马的钥匙是教皇权力的传统的象征。——译注

12. 瞧啊，抬起头来！伦敦的市民们哟，舒展你们的愁颜！犹太人哟，丢掉那叮当作响的金币！夺回你们的油和酒。非洲人，黑色的非洲人哟！（飞吧，带翼的思想，舒展他的前额！）

13. 可怕的四肢、燃烧的头发像落日沉入西边的海洋。

14. 海从他那永恒的睡眠中惊醒，灰白的元素咆哮起来了。

15. 嫉妒的国王惊慌失措，徒然拍打着翅膀；他那老态龙钟的参议员们、可怕的武士们、战栗的老兵们连同那些羽毛、盾牌、战车、战马、大象、军旗、城堡、投石器和岩石。

16. 冲撞，掉下，毁灭！埋在废墟里，乌通那①的洞穴上。

17. 在废墟下度过整整一夜，然后他们那暗淡的火焰渐渐熄灭，浮现出愁眉苦脸的国王。

18. 挟着风暴和火焰，他带领着他的星星军旅穿过荒野，颁布了他的十条戒律，把发光的眼睛瞥向那黑暗混沌的大海。

19. 那里火之子藏在他东方的云层，把那僵硬的戒律②踩在脚下，把那永恒的马匹从夜的洞穴中放出，高喊着：

帝国覆灭了！现在狮子和豺狼将绝迹。

---

① 乌通那这个形象在《伐拉，或四天神》中得到发展，这里仅仅是一个地灵。——译注
② 指上帝用手指写在石板上的十条戒律，见《圣经·出埃及记》。——译注

合 唱

别再让黎明的乌鸦的教士们,在死一般的黑暗中,用嘶哑的嗓音诅咒那欢乐之子们。也不要让他那公认的同伙,暴君,他称为自由的,设置界限或建造宫殿。更不要让那苍白的修道士把只有欲望而没有行动的淫荡叫贞洁。

因为一切有生之物都是神圣的。

《由理生之书》
（1794）

序　曲

当永恒的神祇踢开他的宗教，
那由最初的教士掌握的权力；
他们给他安排了一席之地，
在阴暗、朦胧、虚空、孤寂的北方。

永恒的神祇哟，我高兴地听到你们的召唤，
口述带翼疾飞的词句吧，不要害怕
展示你们的痛苦的黑色幻觉。

第一章①

1. 瞧哪,一个恐怖的阴影升起
在永恒中!无人知之,不会生育,
自我封闭,排斥一切。什么恶魔
造成了这令人讨厌的虚空,
这使灵魂战栗的虚空?有人说,
"它是由理生。"但这黑色的强力
隐藏在无人知道、抽象沉思的神秘中。

2. 年复一年日复一日他在那
无人窥见、无人知道的九重黑暗中,
逐段逐段地划分着、丈量着空间。
在他那被黑色的狂风掀裂的
荒凉的山岗上,变化逐渐出现。

3. 因为他投入一场场可怕的战斗,
与从他遗弃的荒野中生长出来的
种种野兽、鸟、鱼、毒蛇

---

① 这一章写由理生自我分离。——译注

以及火、风雾、云的元素
在暗中争强斗胜。

4. 黑暗旋转在无声的行动中，
隐藏在痛苦的情感里，
一种无人知道的可怕的行动，
一个自我沉思的阴影，
从事着巨大的劳动。

5. 但是永恒的神祇望着他浩瀚的森林。
年复一年他躺着，封闭着，无人知道，
在深渊中沉思默想；避开一切
令人惊呆的讨厌的混沌。

6. 黑色的由理生准备着他
冷酷而恐怖的沉默；他的数万个雷霆
在幽暗中沿着这可怕的世界
排列着摆开阵势，隆隆滚动的年轮声
如大海涨起怒潮，回荡在他的云中，
他的积雪的山岭，他的落满冰雹的
山岗上；令人恐怖的吼声
就像秋天的雷霆，当乌云在庄稼上
爆裂出火焰。

第二章①

1. 地球还不存在，也没有互相吸引的天体。
只有永恒的意志时而扩张
时而收缩他全部灵活的感官。
死亡还不存在，只有永恒的生命跃动。

2. 一声霹雳！震醒了天庭，
巨大的血云滚动在
由理生昏暗的岩石周围，
这无限中的孤独者就这样被命名。

3. 这霹雳撕人心肺，于是永恒的无数化身集合
在萧瑟的荒原周围，
此刻荒原充满了乌云，黑暗和水
流注着，奔突着，吐出
清晰的话语，爆裂在
他山顶上滚动的雷霆中：

---

① 此章讲由理生颁布法律。——译注

4. "从那黑暗孤独的深渊中;从

我神圣的永恒的住所中,

隐藏着,留下我为未来的日子

准备的严厉的忠告,

我已经寻求过一种没有痛苦的欢乐,

一种没有变动的稳固。

为何你们将死去,哦永恒的神祇?

为何你们将住在永不熄灭的火焰里?

5. "首先,我与火焰①斗争,将它熄灭

在内部,在一个幽深的世界之内——

一个无限的虚空,狂暴,黑暗而深沉,

那里一无所有,是自然的宽敞子宫。

我独自一个,只有我,自我平衡着

伸向这虚空,无情的风吹着;

但又凝固起来,如急流般

它们下落复下落;我竭尽全力推拒

这些巨大的波浪,站在水波之上,

一个坚固的障碍物构成的浩瀚世界。

6. "我独自一个在这里,在金属的书②上,

---

① 生命之火,即生命的连续不断的冲动和欲望之火。在由理生看来,它就是地狱。——译注
② 指材料的坚固。——译注

写下了智慧的奥秘,
深深沉思的奥秘
凭借与孕育罪恶的可怕的魔鬼们
展开的一场场斗争与冲突,
这些魔鬼居住在万物胸中——
灵魂的七种死罪。

7. "瞧哪!我揭示了我的黑暗,
我用强有力的手将这本永恒的铜书
放到这岩石上。我在孤独中将它写成。

8. "我制定了和平、爱、团结的法律,
怜悯、宽恕、同情的法律。
让每种法律适得其所,
选择它古老的无限的住所,
只允许一种命令,一种欢乐,一种欲望。
一种诅咒,一种重量,一种尺度,
一个国王,一个上帝,一种法律。"

第三章[1]

1. 声音沉寂了；它们看到他苍白的面容
从黑暗中显现，他松开了手
搁在永恒岩石上的铜书落下。
暴怒紧紧攫住了这强者。

2. 狂暴，愤怒，强烈的愤慨——
在火、血和胆汁的大瀑布中，
在硫黄烟雾的旋风
和无数巨大的能量的形式中；
灵魂中的七种死罪全部出现
在活生生的创造中，
永恒的愤怒的火焰中。

3. 石破天惊，黑暗降临，雷声轰鸣，
一声可怕的崩裂，
撕裂了永恒，
泥石俱流分崩离析

---

[1] 此章讲由理生将自己从永恒中分离出来。——译注

周围所有的山脉

轰然崩裂,摧毁,倒塌——

留下一大堆生命的残片废墟,

高悬在蹙额的悬崖上,而一切

都在一个深不可测的虚空的大洋间。

4. 咆哮的火焰奔腾在天庭之上

奔腾在旋风和血液的瀑布中,

奔腾在由理生的黑暗的荒原上;

火焰通过虚空向四面八方流注

流注在由理生自生的军队身上。

5. 但是火中没有光,一切都笼罩在

永恒的愤怒之火带来的黑暗中。

6. 在这狂野的扑不灭的火焰中

他左冲右突,企图藏身到

荒野和岩石中,但是徒然;他集合起他的军队

竭尽全力在山脉小丘间挖掘;

带着痛苦的嚎叫和疯狂的暴怒,

他不断地将它们聚集起来——

久久地在燃烧的火焰中劳作,

直到在绝望和死亡的阴影中

苍白,变老,打破了时间的界限。

7. 于是他制造了一个屋顶，巨大，坚固，
围住四周，就像一个子宫；
那里千万条河流在血管中奔流
涌下山岗来冷却
跳动在永恒神祇之外的永恒之火；
而永恒之子们站在无限的海崖上
眺望，看到它像一个黑球
像一颗剧烈跳动的人的心脏，
由理生的浩瀚的世界出现。

8. 而罗斯在由理生的黑球周围
为永恒的神祇守望着，以限制
这种朦胧孤独的分离；
永恒站在遥远的地方，
就像星辰远离地球。

9. 罗斯在这黑色的魔鬼周围哭泣嚎叫，
诅咒着他的命运；因为在极度痛苦中
由理生从他的身体中分离出去，[①]
而他脚下是深不可测的虚空
他居住的地方是炽烈的火焰。

---

① 在永恒中，由理生和罗斯及其他永恒之神都是连为一体的。——译注

10. 但由理生从永恒中分离出来,
就堕入死一般的无机的睡眠之中。

11. 永恒的神祇说:"这是什么?死亡?
由理生是一块泥土。"

12. 罗斯在可怕的昏迷中嚎叫,
呻吟,磨牙,呻吟,
直到那分离的部分愈合。

13. 但是由理生分离的伤口没有愈合。
他冷酷,相貌平平,肉体或泥土,
随着可怕的变化而裂开,
躺在无梦的夜晚。

14. 直到罗斯扇起了他的火焰,
把他从无形无限的死亡中惊醒。

第四章[①]

[a]

1. 罗斯,被受伤的骨头
震惊得目瞪口呆

2. 而在硫黄的大波中
被扰乱的永恒,愤怒而疯狂

3. 用沥青,硝石和旋风
把罗斯暴怒的四肢包围其中。

4. 于是罗斯构筑了网和陷阱
把罗网撒向四周。

5. 他以颤抖的恐惧注视着
黑色的变化,又用铁和铜的铆钉

[①] 此章讲罗斯为由理生创造有机形式。——译注

钉住了每一种变化。

6. 而这都是由理生的变化。

[b]

1. 年代一个又一个从他身上滚过。
在死一般的睡眠中年代从他身上滚过,
就像一片黑暗的荒原由于地震开裂,
喷出阴沉的火焰,发生了变化。
一个个年代在可怕的病痛中滚过,
黑暗的旋风围绕在他周围。
永恒的先知嚎叫着,
继续敲打他的铁铆钉,
倾倒出铁的火星,分开了
恐怖的夜,使它显现出来。

2. 而由理生(这是他永恒的名字)
把他创造的欢乐越来越深地
藏进黑暗的神秘中,
他的幽灵藏进汹涌的硫黄液体中。
永恒的先知扇着黑色的风箱,
不停地转动着他的火钳,而铁锤
不断地敲打着,锻造出一节又一节

新的铰链。年年,月月,日日。

3. 永恒的被束缚的心灵①,开始滚出

一圈又一圈愤怒的涡流,

泛着泡沫的硫黄大波逐渐凝结

沉淀,变成一个湖泊,晶亮而清澈,

白得就像那冰峰上的积雪。

4. 遗忘,喑哑,必然!②

束缚心灵的锁链,

就像冰雪的桎梏一起收缩消融

分崩离析,从永恒中裂开。

罗斯敲打着他的铁锁链,

又扇旺了他的炉火,接着倾倒出

铁的火星和铜的火星。

5. 不停地转动这套上锁链的永恒之神,

加重的忧伤,无法忍耐的憔悴,

直到他思想的喷泉被封闭在

一个粗糙的屋顶,一个球体内。

---

① 由理生的心灵。——译注
② 由理生已经忘掉了永恒,他从永恒中分离出来之后再也不能与永恒的诸神对话,他被必然的因果之链所束缚。——译注

6. 在可怕的多梦的昏睡中，
   就像那连在一起的地狱的锁链，
   一块巨大的脊骨迎风
   痛苦地扭动，受伤的痛苦的
   肋骨，像一个曲折的山洞，
   而坚硬的骨头冻结了
   他所有欢乐的神经。
   于是第一个年代度过了，
   一种可怕的痛苦状态度过了。

7. 从他连成一体的脊骨的洞穴里，
   怀着恐惧下沉
   到一个燃烧着的红色圆球①，
   再往下，往下进入深渊——
   气喘吁吁，合成一个球体，颤抖着，
   萌发出一万个分支
   围着他坚固的骨头。
   于是第二个年代度过了，
   一种可怕的痛苦状态度过了。

8. 在悲惨的恐怖中向周围滚动，
   他布满神经的大脑萌发出无数分支

---

① 指心脏，以下是血管。——译注

围绕着他心脏的分支

从上面形成两个小球；

固定在两个小穴中

小心翼翼地藏好避开风

他的眼睛看到了深渊。

于是第三个年代度过了：

一种可怕的痛苦状态度过了。

9. 希望的痛苦开始了，

在沉重的痛苦中，挣扎，奋斗。

两只耳朵的涡旋

从他幻觉的眼球下

脱颖而出，生长得

令人惊呆。于是第四个时代度过了，

一种可怕的痛苦状态度过了。

10. 在可怕的病痛中，

高高地悬起在风上面

两个鼻孔俯向深渊。

于是第五个时代度过了，

一种可怕的痛苦状态度过了。

11. 在可怕的病痛中，

在他胀圆的肋骨内

一个弯曲的饥饿的洞穴形成；
从那里生长出他的喉咙，
和一条火焰般鲜红的舌头
带着饥渴的欲望出现。
于是第六个时代度过了：
一种可怕的痛苦状态度过了。

12. 被痛苦和窒息所触怒，
他把他的右臂投向北方，
把他的左臂投向南方，
它们是在痛苦的深渊中长出；
而他的双足踏着下面的地狱
颤抖着，嚎叫着，惊慌失措。
于是第七个年代度过了：
一种可怕的痛苦状态度过了。

第五章①

1. 阵阵恐怖中罗斯放弃了他的工作。
他巨大的铁锤从他手中落下;
他的火焰注视着,渐渐衰弱
将它们强壮的四肢隐藏在烟雾中。
伴随着声声毁灭的巨响,
伴随着碰撞冲突和呻吟
这永恒者②忍受着他的锁链,
尽管被缚在死一般的睡眠中。

2. 一切永恒的化身,
一切生命的欢乐和智慧,
都如大海般翻腾在他周围,
除了他小眼球的视野
逐渐展开看到的东西。

3. 如今他永恒的生命
如梦幻般消失得无影无踪。

---

① 此章讲罗斯的堕落和分裂。——译注
② 指由理生。——译注

4. 颤抖着,永恒的先知抡起大锤
一击,从他的北方到南方地区。
如今风箱和铁锤都已沉寂;
一种无力的沉寂攫住了他预言的嗓音,
一片冷漠孤独而黑暗的空虚
包围了永恒的先知和由理生。

5. 年代一个接一个从他们身上滚过。
罗斯被活活地与生命与光分开,
冻结成令人恐怖的畸形,
忍受着他的火焰渐渐熄灭。
然后他怀着忧虑的欲望向后观看,
但是空间还没有被存在分开
恐怖击打着他的灵魂。

6. 罗斯在朦胧中悲哀地哭泣:
他的胸膛在叹息中震荡着;
他看到由理生,死一般黑,
被锁链绑着,于是产生了怜悯,

7. 在痛苦的分裂和分离中——
因为怜悯把这灵魂分为两半;
在痛苦中,从永恒之上的永恒,
生命的瀑布流下了他的山岗。

虚空把清水收缩进神经,

在夜的胸膛里四处涌流,

然后留下一个圆的血球

颤抖在虚空之上。

就这样永恒的先知分裂了,

在由理生的死亡形象面前。

在变幻不定的云层和黑暗中,

在一个寒夜里,

罗斯的地狱伸向无限,

在永恒的神祇的眼中时隐时现,

黑暗的分离的幻影

在远处出现。

就像望远镜在无尽头的空间中,

发现了无数个世界,

永恒的神祇极目眺望

看到了罗斯的黑色的幻影,

和颤抖着的生命的血球。

8. 这生命的血球颤抖着

伸出了根须——

纤维在风上翻飞,

它是由血、奶和眼泪生成,

在永恒之上的永恒的痛苦中。

最后从眼泪的哭喊中化出,

一个苍白的女性形象颤抖着
飘浮在他死一般的面容前。

9. 所有的永恒都被这景象所惊呆
此刻这分裂出来的第一个女性形象，
苍白如一朵雪云，
飘浮在罗斯面前。

10. 惊讶，惧怕，恐怖，愕然，
使这些永恒的化身变成石头一样
面对此刻分裂出来的第一个女性形象；
它们叫她怜悯，然后飞走；

11. "铺开帐篷，用坚固的帷幕围住它们。
让绳索和木桩扎在虚空中
这样永恒的神祇也许再也看不到它们。"

12. 它们开始编织黑色的帷幕，
它们围着虚空竖起高大的柱子，
再用金钩固定这些柱子。
花费了无限的劳作，永恒的神祇
编织了羊毛帷幕，把它叫作科学。①

---

① 这里的科学指学问知识，布莱克认为它们来自有限的感官，与其说是通向真理的窗口，不如说是障碍。——译注

第六章①

1. 但是罗斯看到这女性产生了怜悯。
他拥抱她,她哭泣,她拒绝。
凭着倔强的脾气和残酷的快乐
她飞离了他的怀抱,但他紧紧追随。

2. 永恒的神祇看到这情景惊呆了;
人按照自己分裂的形象
造出了他的相似物。

3. 一个时代过去了;永恒的神祇
开始竖起帐篷
当艾涅哈蒙②病了,
感到她的子宫里有一条虫。

4. 它还无依无靠,像一条虫
躲在颤抖的子宫内,
将要成形而获生存。

---

① 此章讲奥克的出生,世代轮换的世界开始了。——译注
② 即罗斯根据自己形象创造的第一个女性。——译注

5. 整日整夜这虫子躺在她的胸中；

整日整夜在她的子宫内

这虫子躺着，直到长成一条蛇

带着忧伤的咝咝声和毒液

围着艾涅哈蒙的腰盘成一圈。

6. 在艾涅哈蒙的子宫内盘成一圈，

这蛇逐渐长大扩张它的地盘；

强烈的痛苦咝咝的声音

变成一种咬牙切齿的叫喊。

历经许多苦恼和剧烈的阵痛，

历经许多鱼、鸟和野兽的形状，

在从前蛇盘踞的地方

出现一个婴孩的形状。

7. 永恒的神祇造完了它们的帐篷，

对这些朦胧的幻象感到吃惊，

当艾涅哈蒙呻吟着

生出一个人之子，把他带到光明中。

8. 一声尖叫传遍永恒，

伴随一记无力的敲打，

在人的影子①降生的那一刻。

9. 带着来自艾涅哈蒙的可怕的火焰,
这孩子嚎叫着挖掘着大地
为自己开辟道路。

10. 永恒的神祇收起了帐篷。
他们打下木桩,
将绳索伸向永恒,
罗斯再也看不见永恒。

11. 他把这婴儿紧紧抓在手中,
他用悲哀的泉水给他沐浴,
把他交给艾涅哈蒙。

---

① 人在堕落的世界成形,但他不是无限的一部分,只是真正的无限的人性的一个影子。——译注

第七章①

1. 他们给这孩子起名叫奥克,
他喝着艾涅哈蒙的奶水渐渐长大。

2. 罗斯惊醒了她。哦,多么悲伤和痛苦!
一根紧身的腰带长出②
围住他的胸脯。他抽泣着
将腰带挣为两段。
但是又一条腰带
束紧了他的胸脯。他抽泣着
又一次挣断了它,继而
又一条腰带接踵而至。
这腰带在白天制成,
到晚上就裂为两段。

3. 这些断裂的腰带落在岩石上
变成一条铁锁链
环环相扣连在一起。

---

① 此章讲妒忌的锁链,及"生命"在大地上的觉醒。——译注
② 指妒忌,随着灵魂分裂成两个以上的实体,妒忌必然产生。——译注

4. 他们把奥克带到山顶——
哦，艾涅哈蒙哭得多伤心！
他们用妒忌的铁链
把他年轻的四肢绑在岩石上
在由理生死一般的阴影笼罩下。

5. 死者听到了这孩子的声音，
开始从睡梦中惊醒
万物都听到了这孩子的声音，
开始苏醒而获得生命。

6. 而由理生被自然的气息
刺激得饥饿难忍，
爬行着勘探他周围的洞穴。

7. 他制造了线和测锤
以划分脚下的深渊，
他制定了划分的规则；

8. 他制定了重量单位，
他制造了度量衡，
他制造了铜的象限仪，
他制造了金的罗盘仪，

于是开始探测地狱的深渊，
他还种下了满园的果实。

9. 但是罗斯用先知的烈火
把艾涅哈蒙包围起来
不让由理生和奥克看见。

10. 于是她哺育了一个巨大的种族。

第八章[1]

1. 由理生探测着他的洞穴——
山脉、沼泽和荒野,
用火球照亮他的行程,
一次恐怖的旅行,
因残酷的罪孽——种种被他抛弃
在山脉上的生命形式而烦恼。

2. 他的世界充满了巨大的罪孽
恐怖,背信弃义,谄媚
生命的各部分,
一只脚、一只手、或一个头,
一颗心,或一只眼的类似物,它们飘浮着
——恶意地
可怕的恐怖,血中的欢乐。

3. 由理生最讨厌看到
他永恒的创造物出现,

---

[1] 此章讲构成由理生的世界的元素。——译注

山岗上悲伤的儿女们①
抽泣,痛苦。特利尔首先出现,
对他自己的存在感到吃惊,
像一个从云中降生的人。乌特哈,
从水中浮现出来,哀叹。
葛罗得那嚎叫着从地球深处蹦出——
惊愕,他无限的天空
也像烤灼的大地一样皱裂;然后弗戎
燃烧起来,最早孕育,最后出生。
他所有永恒的儿子们都长得一模一样;
他的女儿们来自绿色的灌木丛和野牛,
来自怪兽和池塘中的虫。

4. 他被封闭在黑暗中,打量着他的所有种族。
而他的灵魂得病了。他诅咒
他的儿女们,因为他看到
没有一个肉体也没有一个灵魂
遵守他的铁律于一时。

5. 因为他看到生命活在死亡中。
牛在屠场中呻吟,
狗在冬天的大门外嚎叫,
于是他哭泣,他把它叫作怜悯,

---

① 以下四个形象分别代表四大元素:地(葛罗得那)、水(乌特哈)、风(特利尔)、火(弗戎)。——译注

他的眼泪滴落在风中。

6. 冷漠的他在天上游荡，俯瞰他们的城市，

在哭泣、痛苦和烦恼中。

而无论他悲伤地游荡到哪里

在上了年纪的天国里，

总有一个冷酷的影子追随他，

就像一只蜘蛛网，潮湿，冰凉，幽暗，

从他悲伤的灵魂中结出，

不管由理生的脚步踏在哪里

在悲哀的城市中，

地牢般的天国分离；

7. 直到一张黑暗冰凉的网

触及所有痛苦的元素

从由理生悲哀的灵魂中伸出。

而这网就是一位怀孕的女性。①

没有人能粉碎这网——没有火翼能烧毁它，

8. 就这样扭紧了绳索，就这样

结好了网眼，错综复杂如人的大脑。

9. 于是所有人都把它叫作宗教之网。

---

① 网像怀孕的女性，将生命关闭在子宫中。——译注

第九章①

1. 于是这些城市里的居民们
感到他们的神经变成了骨髓,
而僵硬的骨头开始
很快染上疾病与痛苦,
沿着所有的海岸
跳动,游猎和碾磨——直到衰竭的
内部感官一下子萎缩
在黑暗的传染网之下;

2. 直到萎缩的双眼蒙上云雾,
不能辨识精心编织的虚伪;②
但在他们的天空中这不均匀的黏土
被狭窄的知解力汇在一起
好像变幻不定的风;因为他们的双眼
变得像人眼一般小。
而形体也萎缩成七尺之躯
在地上爬行。

---

① 此章讲人类的出现。——译注
② 指宗教之网。——译注

3. 他们有六天从存在中萎缩，
而在第七天获得休息
他们怀着病态的希望赞美这第七天——
而忘记了他们永恒的生命。

4. 他们的三十个城市
分裂成人心的形状。
他们再也不能随意
从无限的虚空中站起，
有限的知解力把他们束缚在大地上。
他们生活几十年，
然后抛下一具腐臭的尸体
留给吞噬一切的黑暗之口。

5. 而他们的孩子们哭泣着
在荒地上修筑起坟墓，
又建立起审慎的法律，称它们
为上帝的永恒的法律。

6. 而这三十个城市仍在，
被滔滔咸水所包围，如今叫作
阿非利加（当时名叫埃及）。

7. 遗留下来的由理生的儿子们①
眼看着他们的兄弟一起萎缩
在由理生之网下。
规劝也是徒然；
因为这些居民的耳朵
已经萎缩，变聋，冷漠，
而他们的眼睛分辨不出
他们散布在其他城市的兄弟。

8. 由此弗戎唤起所有
由理生遗留下来的孩子们，
离开这飘浮的大地：
他们把它叫作埃及，然后离开了它。

9. 于是滔滔咸水翻滚着淹没了地球。

由理生之书终

---

① "遗留下来的儿子们"与城市中的居民相反，还保留着生命的欲望，宁可离开丰饶的埃及到荒原去。——译注

 # 《笔记本中的诗稿》

(1791—1809)

决不要渴望表白爱情……

决不要渴望表白爱情,
爱情永不能告诉情人;
和风总是默默无声,
轻轻掠过,不露行踪。

我表白了爱情,表白了爱情,
怀着令人颤抖的恐惧;
我向她倾吐了我的衷情——
呵,她竟然离我而去!

她刚刚离开我的眼前,
默默无声,不露行踪,
一个过路人来到她身边
——呵,她竟然没有推拒!

摇篮曲

睡吧，睡吧，美丽的宝贝，
愿你在夜的欢乐中安睡；
睡吧，睡吧；当你睡时
小小的悲哀会坐着哭泣。

可爱的宝贝，在你的脸上
我可以看见柔弱的欲望，
隐秘的欢乐和隐秘的微笑，
可爱婴儿的小小的乖巧。

当我抚摸你稚嫩的肢体，
微笑像早晨偷偷地侵入，
爬上你的脸和你的胸膛，
那里安睡着你小小的心脏。

呵，狡计乖巧就潜伏在
你这小小的安睡的心中！
当你小小的心脏开始苏醒，
从你的脸上从你的眼睛，

会突然暴发可怕的闪电,
落上附近青春的禾捆。
婴儿的微笑和婴儿的狡计
欺骗着平安的天堂和人世。

我恐怕我的风儿的狂暴……

我恐怕我的风儿的狂暴
会摧残一切真与美的鲜花。
于是我的太阳高高照耀,
而我的风儿也就永远停下。

但从此以后任何树上
真与美的花儿难找一朵;
尽管花儿生长,看上去漂亮,
却虚伪做作,不会结果。

婴儿的悲哀

我的母亲呻吟,我的父亲流泪——
我一头跳进这危险的世界,
赤身裸体,无依无靠,
就像云中的恶魔大呼大叫。

挣扎在我父亲的手掌中,
竭力想摆脱襁褓的束缚,
我又累又乏,只好乖乖地
躺在母亲的怀中生闷气。

当我发觉发怒是徒劳,
生闷气什么也没得到,
于是耍出许多诡计圈套
我开始安静而现出微笑。

我安静地过了一天又一天
直到踏上大地去流浪;
我微笑着过了一晚又一晚,
只是为了能讨人喜欢。

于是藤蔓上垂下串串葡萄
在我眼前熠熠闪耀,
还有许多可爱的花儿
在我周围竞相开放。

然后我父亲手拿圣书,
露出一副圣者的面目,
在我头顶上念起诅咒,
把我绑在桃金娘树荫下。

白天他像一位圣人
躺倒在葡萄藤下;
夜晚他像一条毒蛇
缠住我漂亮的花朵。

于是我打他,他的血痕
玷污了我的桃金娘树根;
但如今青春岁月已经飞走
白发早已爬上我的额头。

田凫呵……

田凫呵！你飞翔在灌木丛周围，
难道没看见那里有罗网张开？
为何你不飞翔到麦田中央？
人们不会在丰收的地方设网。

宝剑与镰刀①

宝剑在荒凉的灌木上唱歌,
镰刀在丰饶的田野中歌唱;
宝剑唱着一支死亡之歌,
但不能使镰刀屈服投降。

---

① 标题为译者所加。——译注

在桃金娘树荫下

为何我会被绑在你身上,
哦我可爱的桃金娘?
大地上生长的任何树木
都不能将爱、自由的爱束缚。

哦多么虚弱多么疲乏
我躺在我的桃金娘树下,
就像肥料堆在地上,
我被绑在我的桃金娘树下。

我的桃金娘经常徒然地悲叹
望着我身上沉重的锁链;
我的父亲经常看我们叹息,
嘲笑着我们的天真无知。

于是我打他,他的血痕
玷污了我的桃金娘树根,
但如今青春岁月已经飞走
白发早已爬上我的额头。

致诺伯爹爹[1]

为何你总是沉默而无形,
妒忌的父亲?
为何你总是隐身于云雾,
躲避每一双求索的眼睛?

为何黑暗和朦胧
总是笼罩着你的命令和法律,
以致没有人敢吃这果实[2]
只敢从狡猾的蛇嘴中获取?
莫不是因为神秘
才获得了女性们的高声欢呼?

---

① "诺伯爹爹"(Nobodaddy)意为"无人之父"(Nobody's Daddy),亦即一切之父,指由理生。见《由理生之书》和《伐拉,或四天神》。——译注

② 指禁果,典出《圣经·创世纪》。——译注

老　虎

老虎，老虎，辉煌的火光
燃烧在黑夜的林莽，
什么样的神手和眼睛
敢锻造你这可怕的匀称？

可是在遥远的海底和天边
烧出你眼中残酷的火焰？
心可会下降，翼可会凌空——
什么样的手敢攫取这火种？

什么样的肩膀，什么样的技艺
能扭出你心脏的腱肌？
当你的心脏开始搏跳，
怎样可怕的手——怎样可怕的脚？

当星星们扔下它们的长枪，
用它们的眼泪浇灌了天堂，
看了他的杰作他可会微笑？
那创造羊羔的他也把你造？

老虎,老虎,辉煌的火光
燃烧在黑夜的林莽;
什么样的神手和眼睛
敢锻造你这可怕的匀称?

病玫瑰

哦玫瑰,你病了!
那无形的飞虫
乘着黑夜飞来了
在风暴呼号中,

找到了你的床
钻进红色的欢欣;
他的黑暗而隐秘的爱
毁了你的生命。

禁欲与满足①

禁欲在沙漠上遍地撒下
燃烧的头发和壮健的肢体,
但得到满足的欲望在那里
种下生命和美丽的果实。

---

① 标题为译者所加。——译注

人与山[1]

伟业只有当人与山面对面时才能成就,熙熙攘攘的大街上成不了什么大气候。

---

[1] 标题为译者所加。——译注

对牧师的一个回答

为什么你不学学那驯顺的羔羊?
因为我不想让你把我的毛剪光。

某些问题的答案

爱的面孔令人害怕
因为它充满火焰,
只有温柔的欺骗面孔
才会赢得情人的雇用。

温柔的欺骗和慵懒——
美最漂亮的衣衫。

可笑啊,可笑,伏尔泰,卢梭……

可笑啊,可笑,伏尔泰,卢梭!①
可笑啊,可笑——一切全是徒劳!
你们迎风扬出沙子,
可风又吹得它往回跑。

于是每一粒沙子都变成宝石
反射出神圣的光芒;
尽管他们闭上可笑的眼睛,
但它们仍闪耀在以色列的路上。

德谟克里特的原子论
和牛顿②的光粒子说
都是红海岸边③的沙子,
那里以色列的帐篷在熠熠闪耀。

---

① 伏尔泰、卢梭,法国大革命前的启蒙主义者,在此处作为理性主义者的代表而受到攻击,布莱克认为他们只有毁灭而没有创造。——译注

② 德谟克里特,古希腊哲学家,原子论创始人之一,认为万物的本原是原子与虚空。牛顿,近代经典力学的奠基者。在布莱克看来,两人代表那种不动感情地将自然降格为无生命的事物的哲学家。——译注

③ 上帝将以色列人从埃及指引到那里,见《圣经·出埃及记》。——译注

论艺术①

1

你要使人类退化,首先使艺术退化,
雇用一些傻瓜,用冷光和热影作画。
把高价出给次品,把佳作弃置一旁,
让那愚昧的劳动,充塞每一个地方。

2

每当民族衰颓,艺术也会冷清,
商业栖息在每一棵树的枝头。
而穷人和老者都能靠金币生活,
尽管生来贫穷,却能活到高寿。

3

正像无知的野蛮人会出让他的妻子

---

① 以下四首诗总标题为译者所加。——译注

换取一把宝剑、弯刀、匕首或刀子；
有教养的野蛮的英国人，会把所有财富
花在一块污迹、一声尖叫上来毁灭音乐与美术。

4

你说他们的画画得还可以，
但他们是木头人，你得同意。
感谢上帝！我从未进过学堂，
像傻瓜一样接受培养和鞭打。

5

一个智者的错误给你的教训
远远胜过一个完美的愚人。

梦幻之乡

"醒醒,醒醒!我的小男孩,
你是你母亲唯一的欢爱。
为何你要在甜睡中哭喊?
醒醒!你父亲就在你身边。"

"哦何处是那梦幻之乡?
何处是它的溪流和山岗?
哦父亲,我看见了我母亲
在水边那美丽的百合花丛中。

"在披着白衣的羊羔中间
她与托马斯在愉快地散步:
像一只鸽子,我为欢乐而悲伤哭泣,
哦何时能再回到那里?"

"亲爱的孩子,沿着那欢快的溪流
今夜我也在那梦乡漫游,
但尽管溪水平静而温暖,
我总是到不了对岸。"

"父亲,哦父亲,我们为何待在这里
这一块无信无义令人害怕的土地?
晨星照耀下的梦幻之乡
远远胜过这恐惧之邦。"

微 笑

有一种微笑来自爱情,
有一种微笑来自欺骗;
还有一种笑中之笑
两种笑在其中碰面。

有一种皱眉来自轻蔑,
有一种皱眉来自仇恨;
还有一种皱眉中的皱眉
你想忘掉它也不能,

因为它扎根在心灵深处,
因为它生根在骨髓之中;
没有一种笑能够笑出,
除了那唯一的笑容

在摇篮和墓地之间
只有一种笑能够笑出;
但一当它真正笑出
就结束了一切痛苦。

 # 《伐拉,或四天神》

(节选,1797—1803)

第一夜

[引子]①

年迈的母亲之歌,愤怒地摇撼着天庭,
铿锵有力的诗句发出长长的回声,
为了智力的战斗之日而集结起来。

四位巨人居住在每个人心中;一种完美的统一
不可能存在,那宇宙人只从伊甸园普遍的兄弟情中
产生,他将得到更大的光荣。阿门。
唯有天父知道这些生物的天性:
个体不知道,也不能从万物中看出永恒。
…………②

[由理生和路伐争夺统治权]

永恒的巨人在神圣的帐篷中哭泣……
他的家族沿着他爱之所及的山岗溪谷沉睡。
但是由理生醒了,路伐也醒了,于是他们商量着:

---

① 本篇译文中方括号内小标题均为译者所加。
② 表示未译的章节,下同。

"你,路伐,"那光之王子说道,"瞧我们的儿女们
躺在床上。让他们安睡吧。请你独自一个离开这儿
进入你衷心向往的王国,我们会在那里凭借威严与权力
建立起王座。在幽深的北方我安置了我的命运,
而你的命运在南方①。注意听。在这寂静的夜晚
我将用朦胧的云星笼罩永恒的帐篷,而你,
要抓住黎明的神车,把它赶得远远的,
向着你那暴烈的南方道路,直到天顶,
同时挟走大马斯和乌通那的云层笼罩的一半营帐。我留在
　　这大脑②的走廊里
将我的幽灵放在耶路撒冷这投影的身上,
放在所有她的儿子和你的儿子,呵,路伐,还有我的儿子身上,
直到黎明来唤醒他们,那时我的号角吹响,
攫走我的强有力的命令应被服从的夜晚。
因为我已经安排好了我的看守人:十分之一的人
被买进卖出,而在昏暗的夜晚我的话将成为他们的法律。"

路伐回答道:"我与你完全平等:难道
我不是芸芸众生中的王子,不也同样在天国与你平等?
如果我升上天顶,让你留在这里看守
那投影和她的儿子们,撒旦与阿那克,

---

① 注意这里由理生扰乱了四天神在永恒中的位置。——译注
② 指巨人的大脑。—译注

西虹和奥格①,难道你不会违背我的法律,
在黑暗中修建你坚固的王座,在我亘古的黑暗中,
嘲笑我的权力,难道你不会把我的儿子们武装起来反对我,
　在大西洋,
我的深渊,我的夜晚——你毁灭了它就毁灭了我的王冠?
我像你一样留在这里,用血手
敲打这个躺在帐篷里的黑暗的睡眠者;然后我要与你较量
　较量。"
他一面这样说一面用他的火烧红了那神圣的帐篷;
由理生抛出深沉的黑暗围住他,静静沉思的死亡,
永恒的死围住了路伐。愤怒的路伐从神车中
倾倒出由理生的长矛;神圣的帐篷周围
开始出现混乱,尖叫呼号摇撼着广漠的苍天。
…………

---

① 这些都是未曾堕落的天使。——译注

第二夜

[由理生与罗斯的斗争]

…………

永恒之神呻吟着,面对永恒的死亡形象而忧虑。

游荡的巨人垂下他衰颓的头颅,于是由理生下降。

…………

带着愤怒的嘟哝、低沉的雷声由理生下降,

发出阴郁的声音:"现在我就是从永恒到永恒的神。"

罗斯阴沉地坐着,策划复仇。他默默地打量着光之王子。
光之王子也默默地打量着罗斯。终于一个阴沉的
微笑从由理生脸上发出,因为艾涅哈蒙变得越来越容光焕发。
他阴沉地下降到艾涅哈蒙身上,却对罗斯微笑着,
说道:"你是路伐的主人。我把这爱的王子,
那谋杀者,交到你手中。他的灵魂在你手中。
不要怜悯伐拉,因为他不怜悯永恒的人,
也不要怜悯路伐的呼叫。瞧,这些星星的军队,
它们都是你的仆人,只要你服从我可怕的法律。"

罗斯愤怒地回答:"你可是那些人中的一个,当他们最殷

勤时

也就意味着最大的灾难?如果你是这种人,瞧!我也是这
种人。

有一个必定要做主人:试试你的武功吧,我也要试试我的。

因为我认为你拥有的一切我都可以宣称是属于我的。"

由理生惊讶地站住了,但没过多久,他马上喊道:

"服从我的声音,年轻的魔鬼!我是从永恒到永恒的神。"

由理生这样说道,集中他可怕的骄傲:

"难道你不是耶稣的一个幻觉,永恒之神的温和的欺骗吗?

瞧,我是神可怕的毁灭者,而不是救世主!

为何神圣的幻觉要强迫伊甸的子孙们

放弃他自己的欢乐去投入反对他的幽灵的战争?

这幽灵就是人。其余仅仅是欺骗和幻想。"

光之王子这样说着,坐到罗斯的位子旁。

他火的神车就歇息在沙岸上。

他成千上万的精灵组成的大军在风中聚集,

成千上万的闪闪发光的神车在天空放射光芒,

它们把光芒倾注在寂静的大海边金色的岸上,

沉浸在胜利的欢乐中;天庭中充满了鲜血。

大地摊开它宽阔的桌子,夜晚是一只银色的杯子
装满了痛苦的酒,等待那金色的盛筵;
但是明亮的太阳尚未升起;他充满着太空
就像一只鸟儿沉睡在蓝色的蛋壳中即将破壳而出。
…………

[罗斯在艾涅哈蒙宴会上的歌]
"艾弗兰召唤着锡安山①:醒来吧,哦山岭兄弟,
让我们拒绝犁头和铲子,沉重的石碾和尖齿的耙;
烧毁所有麦田,掷掉所有藩篱!
因用人血喂肥自己和嗜饮生命之酒远远胜过

"在丰收和葡萄成熟时节的所有劳作。瞧这河流,
因人血而泛红,带着欲望涨满在我嶙峋的膝盖周围;
我的云朵不是葱绿的田野和果实累累的丛林的云朵,
而是人的灵魂的云朵;我的鼻孔吸着人的生命。

"村子在哀号。它们衰竭地瘫倒在原野上。
恸哭从磨坊从谷仓奔出来,萦绕在山谷周围。
但是大量的优美的宫殿,因恐惧而发黑,沉寂,低头
把它们的书画藏在大地的洞穴之下。

---

① 锡安山,又译作郇山,位于耶路撒冷西部,犹太民族文化的象征。——译注

"城市在互相转告,'我的儿子们喝了残酷的酒
而疯狂。让我们编织灾难,哦姊妹城市!
孩子们因大屠戮而得到滋养。从前孩子喝奶水
长大,难道如今要用血来喂养?"
…………

[艾涅哈蒙唱给罗斯的歌]
…………
"我抓住天体的竖琴,拨响这些琴弦。

"第一个音响奏出,金太阳从海中升起,
舞动他可怕的头发。
回声惊醒了月亮,解散她银色的发辫。
金太阳载在我的歌上,
九个明亮的天体围着这恐怖的国王升起。

"女人的欢乐就是她最心爱的人
怀着强烈的嫉妒和崇拜的痛苦
为了爱她而死去。
情人的夜载在我的歌上,
九个天体在我有力的控制下欢呼。

"它们和着我永恒的手奏出的曲调而不停地歌唱:
庄严沉静的月亮

把这生机勃勃的和谐反射到我的四肢上；
鸟兽们载歌载舞，
每个人都寻求他的伙伴表达内心的欢乐。

"他们愤怒而可怕地玩耍着，撕裂了下面的深渊；
深渊抬起他嶙峋的头颅，
然后失落在无限的嗡嗡的翅翼声中，带着一声呼喊消失；
呼喊声渐渐减弱而终于沉寂，
这生气勃勃的呼喊始终活在它内心的欢乐中！

"起来吧，你这小小的飘掠的翅膀，唱起你天真的欢乐！
起来，嗜饮你的狂欢！
因为一切有生之物都是神圣的，因为生命的源泉
降生为一个哭泣的婴儿，
因为这蚯蚓给沙漠带来了湿润。

"现在我把左手伸到地下
拨动那恐怖的琴弦：
我唤醒悲哀的洞穴中甜美的欢乐，我把微笑
种在苦恼之林，
我在黑色的死亡统辖的领地里唤醒生命的泉水奔涌；

"哦，我疲倦了。请把你的手放在我身上，不然我会衰竭。
我倒在你的这些光线下；

因为你已经触动了我的五官,于是它们回答你。
如今我成了虚无,我衰颓
在静静的卧榻上,直到你将我唤醒!"
…………

第三夜

此刻光明之王高高地坐在他灿烂的宝座上,
而聪明的阿哈尼娅跪在他闪光的脚跟前:

"哦由理生,瞧瞧我;像一道悲哀的溪流
我拥抱着你的膝头,眼泪打湿了我明亮的头发:
我的主人你为何叹息?所有的晨星不都是你听话的儿子?
他们不都在你的声音中垂下辉煌的头颅?只要你一声命令
他们不都飞到他们各自的位置,再把他们的光芒返照于你?
永恒的大气属于你,你显现在光荣中
被变幻不定的光的女儿们所簇拥。
为何你要注视未来,暗淡了现在的欢乐?"

她停住了。那王子收敛了光芒,他辉煌的王冠
被厚厚的云层所笼罩,云层中爆发出他巨大的声音:

"哦聪明的阿哈尼娅,一个男孩①从漆黑的大洋中降生,
由理生要为他服务,用光填满他的黑暗。

---

① 即奥克。——译注

我被安排在这里当一位忧虑的国王,我被命令在这里服务
对那些在我宽阔的桌子边用餐的人们尽责。
这一切就是我的工作,但是我必须服务,而那个预言的男孩
必须成长起来命令他的王子。但是请听我注定的命运:
伐拉将变成艾涅哈蒙子宫中的虫子,
把她的种子播在纤维上,很快结果,
而路伐在罗斯的腰间变成黑暗和愤怒的死亡。
哎哟天哪!到那个可怕的时辰我又将变成什么?"

阿哈尼娅垂下头在国王面前哭了**整整七天**,
到了第八天,当他的云层在宝座前消散,
她抬起她辉煌的头颅,发出甜美的气息,用天国般的嗓音
　这样说道:

"哦王子,那永恒者已经封你为万人之主;
把所有的未来留给他吧,恢复你光的领地。
为何你要倾听路伐那可怕的黎明的声音①
把永恒的光的种子交到他欺诈的手中?
如今那双手再也不会服从你的意志。你被迫
锻造铁和铜的锁链,建造铁的马槽,
用路伐的榨酒机中榨出来的酒喂养它们,
直到那神圣的幻象和果实完全被遗忘。

---

　① 路伐的领地在东方。——译注

它们召唤你的狮子到流血的战场,它们从正义的大厅里
唤出你的老虎,进入你用智慧构筑的漂亮的金色洞穴中——
但是呵,与那甜蜜的极乐之地多么不同
那里自由就是正义,而永恒的科学就是怜悯!
那么,我亲爱的主人呵,听听阿哈尼娅,听听这幻象,
那是由理生昏睡时阿哈尼娅的幻象。
当由理生在走廊①里睡着的时候那原始的巨人受到了打击,

"变黑的巨人行走在他宫前火的台阶上,
而伐拉带着温柔的欺骗的梦幻与他走在一起,
他抬头望见了你,光之王子,你的光芒暗淡了,
但他没有看见罗斯也没看见艾涅哈蒙,因为路伐把他们藏
　　在阴影中,
藏在一片过路的温和的云彩中;而路伐就住在这云彩中。

"然后巨人哀伤地降落在他宫殿的光辉中;
在他上面升起了一个阴影,来自他疲乏的智力,
显出生动的金色,纯洁、完美、神圣;他在亚麻般洁白的
　　色彩中翱翔,
一个甜蜜的销魂的自我欺骗,一个朦胧的巨人的幻象,
温和地欢跃在存在中,吸收了巨人的一切。

---

① 即第一夜开头提到的巨人的大脑的走廊。——译注

"巨人拜倒在这朦胧的影子前,
说道,'主啊,这变化从何而来?你知道我是虚无。'
于是伐拉颤抖着掩住她的脸,她的头发披散在步道上。

"我听到了,对这幻象感到震惊,而我的心在我内部颤抖;
我听到了熟睡的巨人的声音,他崇拜着
自己的影子,吐出永恒的话语:

"'哦,当我与你一起进入审判之时我是虚无,
如果你抽出你的呼吸我就会死去,消失在阴影中;
如果你把手放在我身上,我就安静下来;
如果你抽回手,我就会如落叶般凋零。
哦,我是虚无,而且必将再次变为虚无;
如果你抽回你的呼吸,我就被人遗忘!'

"他停住了:影子般的声音已沉寂,但乌云翱翔在他们的
金色光环缠绕的头顶,巨人的悲哀,于是芬芳的雨滴落下。
瞧哪!那巨人之子,那堕落者幽暗的灵魂,
路伐,从云中降落。巨人在恐怖中惊醒。
愤怒使可怕的巨人惊醒,他把背转向伐拉——

"为何你的云层滚动在罹病的迷雾中?我不能再藏身于
我眼中痛苦的幻觉里,哦爱情、生命和光明!
预言的恐怖迫使我开口,未来在我面前

如一盏黑灯。永恒的死亡萦绕着我的所有期待,
撕裂了永恒的兄弟情谊我们死去,而且再也不能复生!

"我听见了堕落的巨人从睡梦中惊醒的声音:

"'这哭喊声来自何方,爱尼侬!它震动着我的耳膜?
哦残酷的怜悯!哦漆黑的欺骗!难道爱能寻求统治?'

"而路伐奋斗着想获得对堕落的巨人的统治权:
他们共同奋斗在伐拉被禁闭其中的躯体中,
而巨人黑色的躯体被遗弃在透明的步道上,
那里从头到脚都在沸腾。路伐可怕的敲击。

"然后堕落的巨人皱起眉头,把路伐从他身边推开
(我听到了他的声音:不是对由理生皱眉,但是请听我的
　幻觉),

"说道:'走开去,杀死巨人为伐拉,那甜蜜的旅行者而
　作出的死亡吧。
我将把你的耳轮朝外拧,再把你的鼻孔
弯到下面,让你灵活的眼珠因恐怖而瞪得滚圆;
让你干枯的嘴唇和舌头收缩进一个狭窄的圈子,
直到你爬进这狭窄的形体。去,踏上你可怕的路途
去学会怎样吸引巨人,你们这些怜悯和爱的精灵!'

"哦由理生,为何你见到阿哈尼娅的幻象而脸色苍白?
请听她,那爱你的人的话,免得我们再被逐走。

"他们听到巨人的声音飞走了,快得如同冬天的夕阳,
此刻巨人的血高高地涨起来了;我看见路伐和伐拉
怀着妒忌的恐惧,怀着愤怒和气愤
走下巨人的心脏,那里满是乐园和它的欢乐,
火焰滚动在他们狂热的脚周围,
广漠的自然如一条蛇在他们面前玩耍;
而当他们走进深渊的烈火和雷霆之中,
伐拉收缩变小就像漆黑的海洋离开黏土大坝,
路伐从她的胸膛远远地落下就像东方和西方相隔得那么远,
而广漠的自然如一条蛇滚动在其间。"

她结束了谈话。突然从他愤怒的宝座中爆出一场黑色的冰雹:

"难道我不就是神吗?"由理生说,"谁与我平等?
难道我不能把诸天摊开又收拢,如折叠衣服一般?"
他说着,集合起他沉重的云层围住自己,漆黑、昏暗。
然后雷霆向四周滚动,闪电前后突进;
他的面孔变成漆黑一团,他伸出强壮的右手
把阿哈尼娅摔到地上。他抓住她的头发
把她从封住他王座的冰冻的台阶上扔出,

说道:"难道你想变得像伐拉一样?要是那样我把你赶出去!
难道女性懒惰的狂欢,无聊的自我欺骗,
被动的慵懒的睡眠,浩瀚的夜晚和死亡的黑色,
能使她自立起来把她的法律颁布在主动的男性道德之上?
你这可怜的小小的部分竟敢宣称对立!
你的被动性,你的服从和虚伪的法律
全是我的障碍。为何你具有这样美丽的形体?
这种魅力来自何处?你虽在我的胸中,
一道迟缓昏暗的溪流,在它绿茵茵的岸边
一个嶙峋的洞穴带着可怕的阴影,黑暗,寒冷和死亡,
在炎热的中午耕地使我疲乏后,我把头枕在那里休息,
我在那里放下我的犁头,在那里喂养我的马匹。
而你带着湿漉漉的头发升起一个朦胧的形象,
映照出我所有的懒惰,我的软弱和我的死亡,
把我压到坟墓下进入非实在
那里路伐奋斗着,被年复一年游荡着的伐拉所蔑视
不断地从她的主人那里收缩,把他叫作诱惑者。
难道你也要变得像伐拉一样?如果那样我要把你驱逐出去!"

国王在隆隆的雷声中这样大声说着,全身包裹在漆黑的绝望中,
把阿哈尼娅逐出他冷酷的胸膛。她如闪电般落下。
然后由理生的儿子们从他雷声隆隆的恐怖的宝座上飞出;
他们飞向东方和西方而离开了北方和南方。

一声轰隆穿过无限的空间,命运的界限断裂了;
命运的界限可怕地倒塌,涨潮的海水
冲决了它的堤岸,从可怕的咆哮的旋风中传来了人的声音,
对群星夸耀着聪明的阿哈尼娅的堕落。

从那王子裹在雷霆和厚厚的云层的忧郁的北方下降
正当雷霆在那指定的地方,
堕落,堕落,冲突,毁灭,雷鸣,战栗
进入墓穴和人类种子生存的地方,
那里绝望和希望的印象永远扎下了根,
一个漆黑的世界。阿哈尼娅堕落到非实在。

她继续堕落。轰隆声继续回荡,震耳欲聋。
从这轰隆声中滚出一团蓝色的硫黄火焰;从这火焰中
传来悲哀的使人喑哑的呻吟——一切都混乱了,
把这可怕的嘈杂声吞没在死一般的痛苦中。
穿过这混乱状态,像一条裂缝从无限到无限扩展,
传来死亡的一声响彻宇宙的呻吟,响亮,强烈,
比所有成了碎片的元素还要响亮,震耳欲聋的分裂之声
比由理生和他的所有军队在可诅咒的绝望中左冲右突更难听。
但是从这痛苦的呻吟中一个浓烟的阴影出现了,
人的骸骨,在浓烟中相撞在一起践踏着
下面的地狱,在可怕的绝望中咬牙切齿,气喘吁吁地抽泣着,
厚重,短促,接连不断的爆裂,抽泣,深深的绝望,践踏

着,挣扎着——
挣扎着吐出巨人的声音,挣扎着获得巨人的容貌,挣扎着
获得巨人的四肢。最后从由理生的烟雾中
从他撞成碎片的堕落中显现出来
大马斯举起他的双手站立在令人可怕的大洋上。
这死者抬高他的嗓音,站在发出回声的海岸上,

喊道:"愤怒充满我的四肢,毁灭充满我的骨头和骨髓,
我的头盖骨裂成细丝,我的眼睛变成海中的胶质,
飘浮在潮水中,游荡在泡沫里,
吐出我的哀歌,生下一群小精灵,
它们坐着,嘲笑着浮在我所有河流上的
小泡沫,嘲笑着鱼儿已完全抛弃的
干枯的贝壳。愚蠢啊!愚蠢!失去我最甜美的欢迎!
你在哪里,爱尼侬?哦,太近了,太狡猾,太遥远
但还是太近!我派你冲到下面进入遥远的黑暗
尽我的力把你投得远远。在冰冻的箭矢中间
游荡,大笑,玩乐。它们将撕裂你柔软的肉体。
远远地离开大马斯;不要太接近我强有力的愤怒,
尖叫着大笑着离开大马斯,可爱的夏日的美丽——
直到冬天将你撕成碎片,就像你已经将我撕裂。"

于是大马斯在海上吼叫,打雷,抽泣,怒号。
命运的界限打破了,此时仇恨开始

代替了对爱尼侬的爱,爱尼侬,眼瞎背驼,
突然跳进孕育生命的冰冷波涛中。
在恐怖中她面对恩梯通贝尼通①而萎缩,
一个深沉的黑暗的世界,万物都在其中恐怖地扎根。
爱尼侬从绝望的冰冷波涛中说出这样的话语:

"哦大马斯!我已经失去了你,而当我希望找到你的时候——
哦大马斯,请你不要将我完全毁灭,只让一个小小的影子,
一个可怜的爱尼侬的影子
接近你,可爱的恐怖。让我仍然留下来,然后你
把正义的劫数加到我的头上,只要让我听到你的声音!
被你的愤怒驱逐,我如一片流云在深渊游荡,
那里从没有什么东西生存,我在那里失掉了我全部的生命。
我往回走,越来越衰弱:不要把我毁灭
在你伟大的愤怒中。尽管我已经犯下了罪,尽管我曾反叛过,
不要使我变成像从未存在过的事物那样被人遗忘;
不要像拭掉一滴眼泪那样毁灭爱过你的人。"

大马斯驾着雷霆(他的声音在雷声中滚动)回答道:

"悲哀的形象,你憔悴的面容使我的眼皮衰颓。
我干了什么?愤怒与怜悯在我眼中完全一样。

---

① 布莱克自编的神话系统中的地名。——译注

望着你，衰弱无力的水中的形象，
我从可怕的愤怒退缩进你的外貌。爱尼侬，回来吧！
为何你可怜的面容如雨云般消失，
消融为一场泪雨，除了泪再没有别的？爱尼侬！
没有实体，没有声音，哭泣着，消失，除眼泪外再没有别
　　的东西！
爱尼侬，难道你将永远从大马斯朦胧的眼中消失？
愤怒，愤怒将永不再从我的胸膛发出，悲哀的风与水
毁灭了，一切都到了毁灭的尽头：爱与希望结束了！"

因为此刻爱尼侬不再存在于悲哀的空气中，
只有一个永恒的悲声在元素中回响，
在眼瞎背驼的爱尼侬游荡的地方，此刻阿哈尼娅游荡着。
她怀着永恒的、堕落进无限的恐怖游荡着，
因为她明亮的眼睛看到了地狱。时时一阵瞌睡
压上她的眼睑，于是她堕落了，然后在恐惧中惊醒，
沿着非实在的岸无眠地游荡。

第四夜

[大马斯的统治]

…………

"现在一切都落入大马斯的权力之中。由理生堕落了,
路伐隐身在生命与死亡的元素中。
乌通那是我的儿子①。哦罗斯,你就是乌通那,而大马斯
是神。永恒的巨人被打了印记,再也不能出让:
我把我的洪水从他身上滚过,把我的波涛和巨浪从他身上
　滚过,
海包围着他,深渊中的魔鬼都是他的伙伴。
愤怒的大洋中的梦幻者,冰冷的水草和贝壳中的睡眠者,
你永恒的形式将再也不能复活;我不稳定的成功对抗着你,
但是,尽管我发怒,神仍君临一切。我生命的一部分曾经
在正午在永恒的田野中舒适地与我的羊群
游荡,并在夜晚把她的头枕在我疲乏的胸膛上,
如今她分裂了;她消失了,就像伐拉和路伐一样。
哦为何痴狂的野心会攫住你,由理生,光之王子?
还有你,哦路伐,爱之王子,直到大马斯分裂?

---

① 乌通那在永恒中是与大马斯平等的,只是在巨人堕落之后,大马斯才成为罗斯的父母。——译注

而我——此刻能看见什么,除了一个永恒的死亡
在我眼前,还有一个永恒的讨厌的工作,
就是与孕育在我寂静的波浪中的魔鬼作斗争?
这就是成为神的好处吗?我倒宁可做一个人——
懂得甜蜜的科学,与单纯的伙伴们一起工作,
坐在帐篷下眺望羊圈和柔和的草地。
举起你乌通那的铁锤吧,重新建造这些火炉。
你竟敢拒绝?要我当心从你头发里爆出来的火星?
我将用我这些愤怒的波涛强迫你去重建。
生还是死,由你选择。你挣扎在我的波涛中,那么选择生吧。
这样所有的元素都会用他们柔和的长笛为你服务。
它们会用甜美而嘹亮的竖琴为你的工作伴奏,
它们仅仅属于你。不要拖延了,不要垂头丧气,你呀我的
　　儿子。
现在你可知道与水中之神对抗的滋味了吧。"

大马斯坐在他愤怒的海的神车上这样说着
遁入了无人知道的所在,而留下一个令人惊讶的虚空
围住罗斯。他的波涛从四面八方压迫过来,
伴随着车轮和马匹,公牛和战鼓,号角和喇叭的嘈杂声。
…………

[罗斯的创造]

…………

惊恐的罗斯望着下面由理生的废墟,
一种可怕的混沌映入他眼帘,一种没有形式无法测量的死亡,
把破碎的岩石高高地旋进悲哀的风中,
摇撼着溶化的液体的旋涡下的一切。

于是罗斯用恐怖的双手抓住了由理生的
毁坏的火炉。繁重的工作——他重新建造它们,
穷年累月在黑暗中在与大马斯的战争中工作着;
罗斯建造了坚硬的铁砧,由于他不停地敲击
锻造出无数的岩石,无数的星球。

但由理生还在深深的地狱中昏睡不醒,
一种梦幻般的可怕状态。他在冰冻的床上翻身
把下面的一切冻结成固体。他灰色的被人遗忘的形体
在强烈的颤抖中伸向无限的空间,他的嗓音喑哑,
在沉思默想中凭借巨大的力量
从北延伸到南。罗斯围着他愤怒地推着
他雷霆的车轮,从火炉到火炉,用心照料着
那沉思的恐怖,用他傲慢的身份恐吓他,
用冷酷的传染的疯狂恐吓他——他手握乌通那的
雷霆之锤,在他沉重的敲击下锻造出钟点,
日子和年份,用铁锁链围住由理生的四肢,

把钟点与钟点,白天与黑夜,黑夜与白天,年与年
联结成狂热的脉搏跳动周期。他制造了磨坊,
无数轮子在黑暗的乌通那的力量推动下不停运转。
…………

第五夜

[奥克的出生]

传染上癫狂症,他①曾舞蹈在他天一般高而黑的山岭上。
如今被固定在一个不变的躯体中,他的容貌如石头般僵硬,
从他口中吐出诅咒,从他眼中冒出明亮的火星。
他站在冷却的铁砧旁拿着乌通那的铁锤舞蹈着——
恐怖,苍白。艾涅哈蒙,伸展在可怕的大地上,
感到她永恒的四肢冰凉,苍白,僵硬。
他的双足从深渊中退缩,渐渐萎缩衰颓,
艾涅哈蒙也退缩着,他们所有的纤维都衰弱下去了——
就像植物在冬天枯萎,叶子、花蕾和根渐渐凋残,
融入微风;而种子被狂怒的风驱赶着
飘落在遥远的山顶上。罗斯和艾涅哈蒙,
收缩进固定的空间,颤抖着站在悬崖上。
但是巨大的躯体和威严与美仍保持着,但不再扩张。
从最低的天底到最高的天顶那么远,罗斯远远地从火炉边
   退缩,
一个无限的空间,让那冷酷的光之王子

---

① 指罗斯。——译注

被智力的锁链捆绑在火炉中间。
但所有的火炉都已熄灭,风箱也已停止咆哮。

他站着发抖而艾涅哈蒙紧紧抱住他的膝盖。
他们的感官在固定的躯体中再也不能扩张。
夜播散着寒冷,艾涅哈蒙在凄厉的风中尖叫,
她苍白的双手紧紧抱住她的丈夫,而在她的头顶上
永恒的死亡的阴影坐在沉闷的空气中。

但是柔和的笛子、长笛、提琴、竖琴、铙钹,
还有甜蜜的银铃般的嗓音抚慰了艾涅哈蒙疲乏的卧榻,
于是她的呻吟沉入永恒的竖琴声中。
生动的音乐越来越响飘浮在空中,
日光越来越弱渐渐隐没。黑色的转轮
开始了庄严的循环。大地在撕裂的痛苦中颤抖,
前后摇晃着,在艾涅哈蒙的呻吟中发出悲哀的呼喊,
低沉下去的竖琴和银铃声仍然抚慰着疲乏的卧榻;
但是从最深沉的黑夜的洞穴中出来,披着云雾下降
冬天展开他宽阔的黑色翅膀从南极飞到北极。
严酷的霜冻和可怕的冰雪,结成一条婚姻的锁链,
开始了忧郁的舞蹈。风聚集在岩顶上
如无数的蝙蝠,准备飞向四面八方。
艾涅哈蒙的呻吟摇撼着天空,辛劳的大地——
直到在雷霆烟雾、阴沉的火焰、愤怒的嚎叫和血泊中

从她的心中撕裂出他的道路，一个可怕的孩子跳出。
他燃烧的眼睛刚刚张开，面对地狱，
发自深渊的可怖的喇叭声就伴随着风暴一起轰鸣。
无数的魔鬼惊醒了，围着新生的国王嚎叫，
喊道："路伐，爱之王，你是愤怒与死亡之王！"
由理生抛出深沉的黑暗围住他，愤怒的路伐倾倒出
由理生那围住永恒的帐篷的神车中的长矛。
混乱开始了，于是尖叫呼号摇撼了整个广阔的苍穹。
…………

[由理生的悲叹]

由理生被关在乌通那幽深的洞穴中，悲叹：

"哦，由理生王怎么会屈身于这黑暗的住所？
哦，这是怎么回事？我曾经在高空伸展我庄严的宝座；
由理生的山岭曾经是银光闪闪，智慧的儿子们住在那里，
少女们在山顶歌唱，可如今全成了荒凉的岩石。

"我的泉水，曾是天鹅出没的地方，如今却养育着那带鳞甲
　的乌龟，
我的竖琴手居住的屋子，如今成了乌鸦的窝巢，
智慧的花园变成可怕的坟场，
我的眼泪滴落在枯骨上，白白地浇灌它们。

"以前，我曾是怎样从宫殿迈入快乐的花园，
智慧的儿子们簇拥在周围，竖琴手抱着竖琴紧紧相随，
九位少女①披着轻纱用她们永恒的嗓音唱着自编的歌曲，
而我头戴欢乐的王冠品尝着美酒佳酿。

"然后我进入象牙般洁白的帐篷午休，
到了宁静的夜晚则漫步在散发着甜美气息的花丛间
直到进入银制的卧榻沉沉睡去，让甜蜜的梦翱翔在我周围；
但如今我的大地一片漆黑，我的智者纷纷离去。

"我的歌如今全变成了悲哀的呼喊
回荡在我的山上，深深的叹息回荡在我的屋檐下——
因为由理生的马儿，曾经跑得比光还快，
如今远离了我的主人，远离了他慈悲的神车。

"哦，难道我不曾在银色的草地上照料这些白日的马匹？
哦，我拒绝了白日之主他王子的马匹！
哦，难道我不曾用坚固的石块建造屋顶封闭我的宝藏，
不曾用嫉妒和仇恨的阴影覆盖我宫殿的围墙？

"愚蠢啊！我以为能在他看穿一切的眼皮底下
隐藏起金银珠宝，他神圣的作品！

---

① 指九位缪斯女神，或九个天体（九大行星）。——译注

"愚蠢啊！我怎么会忘记那充满我光明领域之光
不过是他脸上的反光，是他将我从深渊中唤出？
我想起来了：因为我曾听到那柔和而神圣的声音
说道：'光呵，跳起来照耀吧！'于是我从深渊中跳出。
他给我一个银色的幽灵，又用金冠给我加冕，
并说：'前进吧，指引我那在海上漫游的儿子。'

"我没有前进。我把自己隐藏在我愤怒的乌云中；
在集会的黑夜里我召唤群星簇拥在我脚边。
星星们扔下它们的长矛，然后赤身裸体飞走了；
我们堕落了。我抓住了你，黑色的乌通那！用我下坠的左手；

"我抓住你，美丽的乌通那；你如花朵般枯萎，
而你的妻子伐拉，像一朵百合花在风中凋零。
当你在永恒的餐桌上拿起金杯
你的孩子们锻造了他们暴怒的翅膀，又用天堂的金子装饰；

"你纯洁的双足踏上神圣的台阶，使其他脚相形见绌？
而你美丽的发辫遮盖了你眼中神圣的光辉；
然后你和强壮的乌通那一起看守天国的活门，
但如今你和他一道，竟被绑在地狱之门，

"因为你把全能之酒给了由理生
换取光的马匹，以使它们能拉起骄傲的金车飞奔。

我把马匹换给你,我倾倒了这偷来的酒,
喝下永恒的一口而酩酊大醉,从我庄严的宝座上堕落。

"我将奋起,探索这些洞穴,找到那以强烈的震动
摇撼我洞穴的深深的脉搏。也许这是
预言之夜,路伐已从艾涅哈蒙身上开辟了他的通道。
当思想被囚禁在洞穴中,爱会在最深的地狱里露出它的根。"

第六夜

[由理生对女儿的诅咒]

…………

"恐怖呵,可怕呵——我最爱的这些人们,
我曾把我光的美丽倾注在她们身上,
用贵重的宝石装饰她们,凭借神圣的手艺
用天庭辉煌的色彩制成礼服和金光灿烂的王冠!
我把甜蜜的百合缀在她们胸前,把玫瑰缀上她们的发辫,
我教她们歌唱甜蜜的欢乐,我赋予她们柔和的嗓音
飘荡在蓝色的苍穹,我费尽心机发明了
会发出美声的乐器。她们骄傲地围在我的膝下
倾注她们的光彩。路伐的女儿们嫉妒
她们过度的幸福,永恒的儿子们给她们送来礼物。
现在我要把愤怒倾在她们身上,我要颠倒
这珍贵的祝福!我要用黑色,代替她们
可爱的色彩;用冰霜,代替珠宝;用畸形,代替修饰;
用缠绕成圈的毒蛇,代替王冠;用腐臭的气息,代替甘美
  的清香。
用穿过冰霜的震耳欲聋的嘈杂声,代替欢乐的声音。
我将用漆黑的愚昧的锁链和精心编织的自我欺骗的绳索,

用冷酷的悔恨的鞭子和坚硬顽固的食物,
代替辛劳的父亲的关切和甜蜜的说教——
这样她们就会诅咒她们的神大马斯,和他的养子罗斯;
这样她们就会诅咒和崇拜黑暗的毁灭的恶魔;
这样她们就会崇拜恐惧,服从暴力!
前进,受我诅咒的儿子们;前进,被我讨厌的女儿们!"
…………

[由理生重获统治权]

"呵,这是一个怎样的世界———一点不像那些极乐境地
那里我的儿子们簇拥在我膝前。哦你这可怜的颓败的世界,
你这可怕的废墟!你一度也曾像我那样容光焕发,
而如今也像我一样分享了你主人的孤独的命运,
废墟呵,难道你就是那一度光辉灿烂的天庭?难道就在你
　　这些岩石上
欢乐在林间歌唱,快活在溪流上嬉戏,
欢笑坐在橡树下,天真沿着葱绿的原野
嬉闹,甜蜜的友情围坐在宫殿中,
享受着琴棋书画的快乐?
如今它们在何方?可怕的毁灭把一切都掩埋在废墟下!
…………

我思考着要让这浩瀚的世界
重新认识我——让累累白骨上生出血肉,
我要再生……"

于是他开始挖掘金银铜铁的组合体,
制造巨大的器具来划分无限的空间,
把一切固定在另一个世界中,使其更好地服从
他的意志,那里没有人敢反抗他的意志,他自己就是
万物之王,一切未来都被他巨大的锁链缚住。
于是各门科学固定下来了,旋风开始运转
在一切人之子身上,而每个人的灵魂面对
旋转的天轮吓得缩进了内部,渐渐萎缩。
由理生重新获得了对他儿女的统治权,
也获得了对在可怕地狱中的路伐的儿女的统治权——
因为由理生在自私的哀歌中也为他们哀叹过,
直到一顶白色的帐幕从头到脚裹住了他冰凉的四肢。
雪白的头发覆盖他,可怕的鳞甲
遍布他的四肢。他骄傲地哭泣着,游荡着,
凭着长者的尊严、顽固的决心,
穿过黑暗旅行;无论他旅行到哪里,一张悲哀的网
总紧跟在他后面,就像幽暗冰冷的蜘蛛网,
不断地从他历年的帐幕中抽出,颤抖着穿过一阵又一阵旋风,
一个活生生的帐幕附在他生命上,长生于他的灵魂中
于是由理生的网可怕地展开着,在云中抖动
…………

第七夜

[由理生和奥克的斗争]

…………

但由理生默默地降落到奥克的洞口,看到了
一个熊熊燃烧的洞穴宇宙。由理生的马匹
被狂暴的恶魔绑在这里,愤怒地踢着它们的金蹄,
在它们的青铜锁链上敲击出可怕的火星;
他可怕的狮子在燃烧的洞穴中嚎叫着,他的老虎游荡在
忧伤的森林的浓烟中;正义的金刚钻天平
耗尽了愤怒的怜悯之灯,把圣油倾倒在河流中
让它穿过所有岩洞肆虐发狂。可怕的火焰
在河流和岩石上舞蹈,嚎叫,陶醉于愤怒之中
古老的犁头和金色的耙子耕耘着血肉模糊的田野;
永恒的种子因大屠戮而繁殖滋长。
路伐的公牛,呼吸的火焰,围着嚎叫的奥克在燃烧的草地上
吼叫,奥克可怕的四肢投出红色的烟和火,
使由理生无法接近,只好把他的座椅搬到岩石上
再把他的书摊在周围,孕育着对奥克的妒忌。

那可怕的恶魔躺在他黑暗的岩洞里嚎叫着撕打着。

一下又一下敲打着他的锁链，一下又一下他的灵魂
不断冲击着上升到艾涅哈蒙的殿堂；

正当雷霆将他包裹在最厚的云层，
这泽国的卧榻中，隐藏在深深的黑暗里，
忽然从他面孔可怕、头发燃烧的忧虑的头中爆出
他轻翼的女儿们掠过浩瀚的黑海洋。

罗斯感到妒忌在他的四肢就像在一棵遭摧残的树上，
执着于妒忌的由理生沉思地坐着，被雪所覆盖，
他把铁书放在膝头，用心地写着恐怖的字母，
而他的雪落着，他的雷霆敲击着，想冷却奥克的火焰，
岁月嬗递，直到他脚下生出一条垂死的根
牢牢地扎在岩石上——这可诅咒的神秘之根
生长分蘖进入罗斯的天庭。这些管状的根朝下弯
又生了根，无论碰到什么又会生根，
形成错综缠结的迷宫，覆盖了许多可怕的深渊。

由理生目瞪口呆，当他发现自己被枝蔓包围
被树顶覆盖。他站起来，但枝蔓纠结得
如此厚实，他好不容易才痛苦地从可怕的阴影中
带出他的书本，但铁书没带出。
他再次安好他的座位，围着一块铁岩
铺开他的书本，皱着眉头望着奥克沸腾的火焰。

于是由理生悬在奥克上面,俯视着他可怕的愤怒。
坐在一块铁岩上的他终于开口:

"恐怖的形象,你在哪里?哪里是这最悲哀的所在?
这些猛烈的火焰来自何方,抑或只来自你自身?
在这一切裂痕中我没看见别的生物。
没有别的生物敢居住在你最可怕的愤怒中。
你被绑在这里,痛苦地把你充满活力的物质耗费在这些火中,
火越烧越旺围住了你,有时像洪水,有时像一块岩石
充满了生存的痛苦,不灭的火在你可怕的床上燃烧着
在你下面和周围燃烧。此刻在阵雨般敲打着的火上
形成了星球和箭矢般的楔形体,撕裂了你流血的四肢;
此刻燃烧的沙漠旋起一根火柱覆盖了你,
把你的伤口浸在地狱的盐和痛苦的悲哀中;
此刻一块岩石移动到这火湖上面
把你带到了令人窒息的绝望的波涛下。
对你的怜悯促使我打破漫长而黑暗的休息,
以智慧的形象将我显现在你面前;
但是面对所有这些痛苦和这可怕的所在,你放声大笑,
你的四肢仍然向四面八方投掷出火焰,而它们又回到你身上;
而当你休息时,投掷出愤怒,用甜蜜的极乐的幻觉
而不是这燃烧的领地,喂养你自己。
不错,你在欢乐的河水中沐浴,在葱绿的田野上

愉快地散步，在明亮的苍穹中枕着明亮的云彩

带着欢乐的幻觉入眠，这些幻觉是如此可爱，它们以可怕
　的欲望

使你的愤怒增加十倍撕裂你的锁链，在愤怒中嚎叫着

忘记一切痛苦，直到最后安息——

难道你的欢乐建立在别人为你忍受的痛苦上？"

奥克回答道："你这可咒的老朽！你在这深渊中干什么？

我诅咒你的怜悯，把你的冰雪撒到其他地方去！

我在深渊中发怒，瞧呵！我的手足被钉在这燃烧的岩石上。

但我暴怒的烈火比你的冰雪更好。你坐着发抖：

你没有被绑住；为何你要冷冷地坐着讨好，

那在冰冷的痛苦中悲伤的魔鬼？此刻深深的湖水

淹没了你，渐渐凝结成冰；你仍然坐着，封闭

在这转瞬即逝的岩石上，犹如在你明亮的囚牢中

享受欢乐，直到它以自身的重量压下来，随着天崩地裂之声

穿过无限，整个可怕的板块倒塌下来。

雷电、冰雹和霜冻，从元素中降落

撕开你的白发；但你仍稳固不动，坐在黑暗中深思，

写着你的书。立刻一朵乌云夹带着冰雪

笼罩了你，而你仍在黑暗中，仍坚定不移地写着；

尽管岩石滚动过你的头顶，尽管洪水滔天，尽管风，海般
　的黑色

深深地砍进你的身子，尽管鲜血倾注在你脚踝周围，

使你的双足凝固在坚硬的岩石上,你的笔
仍在黑暗中怀着对未来的恐惧,用心写着未来的奇迹。
我在深渊中暴跳如雷,可是瞧啊!我的手足被钉在
这坚硬的岩石上,也许你应该感到我对一切堕落之人的
仇恨和敌意,他们落到你可咒的灰色前额上。"

由理生答道:"读我的书吧,探索我的星座,
询问我的儿子们,他们会教你如何作战;
询问我的女儿们,她们在黑暗的深渊里诅咒着
按照我严格的命令揉捏面包,因为我就是
所有这些悲惨的废墟之神。起来,女儿们呵,执行我严格
　的命令!"

岩石崩裂了,爱勒塞和乌伏塞升起,奥娜①也升起,
她们的铁船可怕地带着她们穿过
昏暗的大气。她们拿起铁书,把它放在
死亡云层之上,唱着她们的歌,揉捏着奥克的面包。
奥克倾听着这动人的歌,渴望着冷风
这沉重的铁模压制这可咒的面团。苍白的冰霜不断地
从奥娜的筛子里汹涌而出,暴雨从爱勒塞的铁桶中倾注而
　出,而乌伏塞用冰冷的双手揉着面包。
天庭在她们的铁手下惊恐地弯下了腰,

---

① 由理生的三个女儿。——译注

她们一面进行着悲惨的工作,一面唱着由理生铁书中的词句,
而巨大的涡旋在天庭可怕地滚动:
她们沉重的歌声仍和着泪水流注——
"面包揉好了:让我们休息吧,哦残酷的父亲!"

但由理生没有减轻她们在他岩石上的劳动,
由理生用雷鸣般的声音读着他的铜书:

"听着,女儿们呵,听我的声音!听听智慧的箴言!
这样你们就能统治一切。把道德责任挂在口中
但让你们的心比下界的磨石还坚硬,
把艾涅哈蒙的阴影带到我们奇异的树下:
那样罗斯就会如云烟般消失得无影无踪;
把艾涅哈蒙拉到乌通那的幽灵上,
让他统治罗斯这可怕的阴影。

"迫使穷人靠一块用温柔的手艺做成的面包皮生活。
当他们皱眉时微笑,当他们微笑时皱眉;当一个人
由于劳动和禁欲而面色苍白时,就说他身体健康而快乐——
而当他的孩子们得病时,就让他们死去。
人口已经太多,没有这些艺术我们的地球
就要挤得满满。如果你想让穷人安分守己,
那就在给每片面包皮时举行仪式,用慷慨的狡诈
放大小小的礼物,使人感到需要礼物,然后伴着仪式赐予。

如果听到他叹息就说他笑了，如果他面色苍白就说他红光
　满面。
宣传节制的好处，尽管你知道他全部所得
就是面包和水，但还要说他吃得太饱，喝烈酒过度
而头脑糊涂。讨好他的妻子，怜悯他的孩子，直到我们能
使一切服从我们的意志，就像巴儿狗被驯服得会钻圈。
瞧哪！心脏和脑子怎样在艾涅哈蒙繁殖的
子宫里形成，它怎样开放生命的花朵，怎样形成骨骼，
这小小的心脏、肝和鲜红的血在它的迷宫里：
凭借满足的欲望，凭借吞噬一切的强烈食欲，她
用野心勃勃的愤怒充实罗斯以使他的种族毁灭一切。"

然后奥克回答道："我诅咒你冷酷的虚伪！你的树已经被
金银珠宝的光芒所环绕，你开始使我
分裂的灵魂衰竭。像一只虫我平静地升起，
不再受愤怒束缚。如今我一发怒，我的锁链就将我绑得更紧。
哦痛苦啊！痛苦！一只被缚的虫子！难道我是虫吗？
难道正是凭借强烈的欺骗人才出生？凭借强烈的欺骗
你控制我的愤怒这样虫子就会盘踞在这棵树上。
去吧，冷酷的虚伪！我宁可被锁链缚住，这样你就不能利用我。
人应该发怒，即使被这锁链绑住；虫子在默默地爬行。
你不会息怒。灰色的魔鬼，平息你所有的雷霆吧，
给我一个温和的榜样，愤怒的风暴之王！
你可就是那将我拴在锁链中的冷酷的引力？

我清楚地记得我怎样偷了你的光,而它变成了
毁灭之火。现在你可认识我了,哦由理生,光之王子:
我也认识你!难道就是这胜利,这似神的境界
超越了处在昏暗中的科学的界限?"

由理生恐惧地听着奥克的声音,此刻明白了他曾是路伐,
而奥克开始构造一个蛇的躯体,
他瞧不起由理生的光而将它转变为熊熊烈火,
他将毒酒看作天国的仙酒,
又将爱情转变为愤怒,将思想转变为抽象,
一个自我毁灭的黑色的毁灭者,升起在天庭。
....

第八夜

[阿哈尼娅和爱尼侬的幻觉]

…………

于是阿哈尼娅对墓穴高声呼喊:

"难道你会放牧狼群为它们领头?难道你会攫取冬天的疾风
为你的身体做外套,或用夏天的瘟疫做帐篷?
你会在腐朽的教堂里建立永久的住所,
或在饥饿的坟墓之口中建立永恒的廊柱和宫殿?
你会从溃烂的伤口寻找乐趣,或者与古老的麻风病人
结婚,这样国王和教士仍会在你糜烂的尸体上大摆宴席,
而坟墓嘲笑着犁过的四野,说道:
'我是繁殖者,你是毁灭者;我的胸中是奶和酒,
芳泉从我的乳房涌出;万物都归向我,
归向我的呼吸;它们服从我,它们崇拜我;我是女神也是
　王后。'
但是请听阿哈尼娅吧,你们这些被谋害者的子孙哟,
听她的话吧,她的记忆看到了你们古老的时光;
听她的话吧,她的眼睛看到了那腐朽的死者的黑色尸体,
徒然地寻找着由理生。我徒劳地寻找早晨:
那永恒的巨人躺在大地上,感受不到生气勃勃的太阳,

也感受不到沉静的月亮,和所有活动在他躯体中的天体。
他火焰般的大厅一片漆黑,而奥克这毒蛇围绕着他的四肢
一圈圈地缠住他,而他堕落的成员们呕吐出不息的深渊中
 的带鳞甲的恶魔;
它们漂浮在河流上,骚扰着巨人的下体,
巨人躺在岸上,他衰竭的头颅
靠在被衰草和淤泥覆盖的岩石上。
他的眼眶下陷,他的肉体被淤泥覆盖
渐渐收缩为枯骨。天哪,那巨人将会变成这样:
他强健的骸骨会在冰雪的敲打下隐身于夜的洞穴
没有骨髓,没有血液,化为尘土,被风儿吹散。
呵,多么恐怖的永恒的死亡统治了巨人!
他微弱的呻吟摇撼着洞穴,通过荒凉的岩石传出。
而那雄健的鹰此刻带着麻木的冰凉,遭摧折的双翼
高高飞翔,他的羽毛曾有过太阳般的骄傲,
而如今遭摧残,在寒夜中抖动。他以鹰的眼睛俯视着
直到巨人离开腐朽的尸体。他饥渴地听着他的呻吟,
此刻他用强健的鹰爪紧紧攫住岩顶,
此刻他用巨大的双翼拍击着沉重的风。
他旁边躺着死去的狮子,蛆虫们在它的腹中
举行盛宴,直到普遍的死亡吞噬了一切,
而那苍白的马寻求着池塘以便躺倒死去——
但发现池塘中漂满了互相吞噬的蛇。
他垂下头,颤抖地站着,他明亮的眼睛黯淡了。

这些就是我眼中的幻觉,阿哈尼娅的幻觉。"
阿哈尼娅这样喊道。爱尼侬从墓穴中回答:

"不要害怕,哦可怜的被放逐者!哦荆棘和刺槐之地,
那里橄榄树曾经多么繁茂,杉树伸展着他的枝翼!
我也曾像你一样孤独地悲叹;我未开垦的处女地曾恐惧地
向教堂墓地呼喊,蚯蚓曾爬进悲哀的领地。
我发现他在我胸中,于是我说,'爱的时代
带着静静的阴影出现在岩石和山岗上',但是刹那间
黑夜中响起了一个声音,夜半的哭声回荡在山岗上:
醒来吧!那新娘来了!我惊醒,不再睡去。
但是那永恒的完婚的黑暗的爱尼侬,
那水的坟墓。哦你这田野,哦你这生长的快乐,
更快乐的是黑暗的毁灭者:希望将一切淹没在我的痛苦中。
因为此刻我被影子般的旋风所包围,把那幽灵完全从爱尼
　侬身边拉开,于是杀死了
苦涩的希望之死,尽管我毁灭在这些愤怒的波涛中。
犁过的田野回答坟墓,我听到她给我的回答:
'看哪!时光飞逝而你将成为一件被遗忘之物,
当有人提到你时没有人会相信他。
当巨人慢慢地消逝于他的永恒之中,
当凡人消失于进化的知识中,抛弃了
以前的事物,于是凡人也将慢慢消逝,
于是那些活着的人们将看不见。'

听着：我将告诉你墓穴所干的一切。
上帝的羔羊已经撕掉了神秘的面纱。马上要回到
那环绕着岩石和神秘之树的云和火中。
就像种子焦急地等待着，渴望着它的花朵和果实，
焦虑地，它的小小灵魂望穿了澄澈的天空
看饥饿的风是否带着它们隐形的军队向四处播撒；
巨人观察着树林灌木、鸟兽虫鱼，
集合起他永恒的身躯的四散部分
纳入万物生长的元素之中。
他尝试着让沉闷的北风驾驭着它愤怒的轨迹；
当酷热的南方太阳升起，愤怒的东方
太阳落下，当土块变硬，羊群垂头而立，
鸟儿们藏身在它们静静的窝巢中。他把他的思想储藏
在记忆中，如同在仓库里，他安排
天地间所有的物种，然后在温柔的西方休息，
那里是太阳热量居住之地。他升向太阳，
升向夜晚的星辰，升向闪耀在黄道带的
群星，和阴沉地立在北方和南方的群星。
他触摸着最遥远的极地，在中心哭泣，
就这样巨人劳动，悲哀，学习，遗忘，又返回
他出来的黑暗的山谷，重新开始他的劳动。
他痛苦地叹息；痛苦地在他的宇宙中劳动，
隐身在鸟儿中对着深渊尖叫，在狼中对
被杀害者嚎叫，在牛羊中，在风中呻吟，

在云中和烈火中对奥克和由理生哭泣;
在新生儿中啼哭,在垂死者中呻吟,他的声音
传遍整个宇宙:凡是有青草生长
有叶子萌发的地方,就能看到,听到,感到那永恒的巨人,
以及他的所有痛苦,直到他夺回他原始的极乐境地。"
…………

第九夜

[巨人的哀歌]

…………

永恒的巨人衰竭的头颅靠在这块岩石上,
苍白、冰冷的衰草覆盖了他的全身,在痛苦和悲伤中,
他抬起他的眼睛那蔚蓝色的灯盏,发出天国般的呼声,
他低头望着毁灭中的世界喊道:

"哦衰弱,哦疲乏!哦我内部成员的战争!
我的儿子们逃出我的胸膛在我面前来往,
我的鸟儿们在山中沉默,羊群死在我的树枝下;
我的帐篷都已倒塌,我的号角和我的竖琴奏出的甜美音乐
沉寂于我乌云笼罩的山岗上,山岗喷吐着雷霆和烈火!
我奶牛的奶,蜜蜂的蜜,金秋的果实,
全都遭受灼热的煎熬,暴风雨的摧残;
我的长袍变得混乱不堪,我闪光的金子变成了顽石。
我曾坐过和疲乏地走过的地方都陷入痛苦和悲哀。
因为从我衰竭的胸中生长出我悲哀的偏狭,
五谷变成大蓟,苹果变成毒药,
歌唱的鸟儿变成食尸的乌鸦,我的欢乐变成痛苦的呻吟,

我帐篷中孩子们的喧闹变成孤苦无助的婴儿的呼号。
一切都从光的笑脸和晨的辉耀中，
流放到这黑暗的世界，狭窄的屋子，
我上下游荡，听到神秘之神在这些毁灭的火焰中嚎叫。
未来时代的巨人何时会变得像古代一样？
哦疲累的生命；我为何坐在这里，把我所有的力量遗弃
给懒惰，给死的夜晚，什么时候懒惰与悲哀
高高地翱翔在我黑色的门口？尽管我起来
冷眼嘲笑着我内部成员之间的战争，但我的心衰竭，
我的头低垂。但我还将再见到黎明。
这愤怒的声音来自何方，人们互相渴饮着鲜血，
被烟火血肉，而不是发酵的酒灌得酩酊大醉？"

永恒的巨人坐在岩石上，用恐怖的声音喊道：

"光之王子哟，你在哪里？我找不到你，而以前
在这些永恒的田野上，在带着竖琴和歌声升起的
朝霞中，阿哈尼娅在你面前歌唱，
而你所有的儿女簇拥在我宽大的桌子旁。
难道你没看见所有这些颓败愤怒的混乱？
从你冷酷抽象的沉睡中醒来，向前！
朝着永恒的生存奋起，抖落你冰冷的睡眠！
起来，灵魂的教师，伟大的变化的压迫者！
永恒的世界会在平静和欢乐中看到你的面孔，

你,稳固不变的可怕的形式,会坐在城市和乡村
而小孩子们会围在你脚边带着温和的恐惧玩耍,
害怕你的皱眉,喜爱你的微笑,哦由理生,光之王子哟!"

[由理生的悔恨]
"哦但愿我从未饮过这黑暗的尘世的酒,
吃过它的面包,从未把目光投向未来,从未转过
我的背遮蔽了现在,在乌云笼罩下
建造高高的教堂和城市、城堡、塔楼和庙宇,
它们的烟雾毁灭了愉快的花园,它们的污水沟
窒息了明亮的河流,我的船舶压在愤怒的海上,
穿过混沌寻求着快乐,在遥远的空间
寻求着永恒——而永恒在智者眼中总是现在,
寻求着欢乐,而它不用追求就会落到婴儿的脚下,
和从不知忧虑与劳作的野山羊身上。
但是我,无数个世纪的劳动者,从不知疲倦的双手
由于操劳,由于利剑,由于长矛,
由于凿子和木槌而变形,我,我巨大的劳动
安顿了各民族,分开了一个个家庭,
唯独没有享受。我在极度的痛苦中孑然一身,
徒然地将我的所有欢乐给予这路伐和伐拉。
那么去吧,哦黑暗的未来!我要把你从
我头脑的这些天空中抛出去,我将不再展望未来。
我抛弃了未来,将我的背转向那我所创造的

虚空，因为看哪！未来就在此刻。
让奥克去毁灭吧，让大马斯发怒吧，让黑色的乌通那将
所有的力量给予罗斯和艾涅哈蒙吧，让罗斯自我诅咒
撕下这帷幕，如同倒塌的墙垣和毁灭的家庭。
发怒吧，奥克；发怒吧，大马斯！由理生不再控制你们的
　　愤怒。"

由理生这样说道。他摇落了肩头的积雪站起来
如迷雾中的金字塔，他的白长袍四散着
如羊毛般洁白——他把古老的斗篷
扔进火中。然后，在辉煌的光明和狂喜中，
他的声音在天庭，带着天真的威严和青春的容光响起
…………

[由理生的耕耘]

然后由理生的儿子们抓起了犁头；他们擦去了积在它身上的
无数世纪的灰尘，它的所有金银象牙的色彩
重新闪耀在广阔的田野上，那里所有的民族
曾在模子般整齐的沟垄中变黑，那里野草
曾耀武扬威自生自灭。他们从蔚蓝的天墙上
取下了马具，装饰着美丽艺术的灿烂的
马车，天使的书房，魔鬼的工艺品，
当天堂和地狱在光荣的运动中互相竞争。
乡村劳动的声音回荡在天庭中的天庭上。

马在战斗中嘶鸣,野牛在闷热的荒原上吼叫,

虎在森林中怒吼,狮子在沙漠中咆哮:

他们歌唱着。他们拿起了和谐的乐器,他们扔掉了

长矛、弓箭、枪炮;他们夷平了要塞,

他们将毁灭的铁机器打制成楔形,

交给乌通那的儿子们。抡起铁锤敲打的声音

回荡在死亡的洞穴,打制出铁锹、鹤嘴锄和斧头,

沉重的石碾碾碎了坚硬的土块,越过了所有民族。

由理生的儿子们欢呼着;他们的父亲起来了;永恒的马匹

套上了马具,他们呼唤着由理生,天庭为他们的呼唤所感动。

由理生的四肢容光焕发。他把手放到犁头上;

历经悲惨的黑暗世纪的犁头犁过城市

和它们的乡村,犁过山岗和它们的溪谷,

犁过坟墓和死亡的洞穴,犁过星球,

犁过无限浩渺的虚空,犁过太阳月亮、星星和星座。

[丰收与狂欢]

黎明降临了。由理生起来,手握连枷

敲打晒场,天上地下都听到了这可怕的声音;

悲惨的声音回荡着,晒场在这声音中颤抖。

所有的民族和星辰都被打脱了外壳。

然后大马斯拿起了簸谷的风扇;簸谷的风愤怒地

在正前方吹着,狂野的旋风朝着西方和南方

把各民族如糠皮般吹进了大马斯的海洋。

"神秘哟!"兴奋的大马斯喊道:"瞧吧,你的末日到了:
你就是用宗教之杯灌醉了各民族的那个她吗?
滚下吧,你们这些国王,统治者和战争狂!
滚下深渊,滚下去躲起来吧!
滚下去吧,连同马匹、战车和苍白的战争号角!

"看哪!神秘的仪式怎样滚下洞穴!
她的大人物嚎叫着,抓住苍白的头发在地上翻滚;
她精巧的妇女和孩子在凄厉的风中萎缩,
她们的美丽被践踏,她们的头发披散,她们的皮肤皲裂。
看哪,黑暗笼罩了迎风飘舞的长长的仪式旗幡,
和黑色的马匹,武装的人们,悲哀的被缚的俘虏。
哪里是收留他们的坟墓,哪里是他们的处所,
谁将为神秘哀哭,谁从不释放她的俘虏?

"让那辗转在磨盘旁的奴隶冲向田野;
让他仰望天空,欢笑在明亮的风中;
让那被缚的灵魂奋起,展望,他被关闭在
黑暗和叹息中,三十年疲乏的岁月中从未现过笑脸——
他的锁链已经松散,地牢的门已经打开。
让他的妻儿们挣脱压迫者的鞭笞,回到自己家园。

"他们回首每一步道路都相信它是一个梦:

难道这些奴隶果真曾在神秘的大街上呻吟?

哪里去了,你的枷锁和桎梏?这些就是犯人吗?

哪里去了,你的锁链?哪里去了,你的眼泪?为什么你环
 顾四周?

如果你渴了,这里有河流,跳下去洗洗你焦渴的四肢吧。

大地的一切精华都在你面前,因为神秘不复存在!"

…………

[尾声]

太阳从他沾满露珠的床上升起,清新的空气

嬉闹在他微笑的光芒中,给生命的种子带来勃勃生机,

新鲜的大地放射出千万条生命的泉水。

乌通那精力充沛地升起,如今不再

与艾涅哈蒙分裂,也不再与幽灵罗斯分裂。

预言的幽灵在哪里?欺骗的幻影在哪里?

离去了,于是乌通那从颓败的墙垣中升起,

以他全部古老的力量为智力的战争打制了

金色的科学甲胄。如今刀剑的战争结束了,

黑色的宗教消逝了,甜蜜的科学时代来临了。

梦终

 # 《精神旅行者》
（1803）

我游历过一片人类的土地，
它既属于男人也属于女人①，
冷漠的地上漫游者决不会知道
我耳闻目睹的种种可怕事情。

那里的婴儿在欢乐中降生，
可是在可怕的痛苦中受精生成，
正如我们在欢乐中收获果实
却是和着苦涩的眼泪播种的；

如果这婴儿生下来是个男孩
他就被交给一位老妇来照料
她把他钉在一块岩石上，
再用金杯捕捉他的尖叫。

她把铁荆棘缠上他的头顶，
又刺穿他的双手和双足②，

---

① 这首长诗以浓缩的形式展示了布莱克的神话体系，诗中的叙述者"我"是一位尚未堕落的永恒之神。他描述了他在地球上看到的两个按照相反方向循环运动的体系：一个是自然的循环（以女性为象征），总是向后运动；另一个是人的循环（以男性为象征），总是向前运动。尽管诗中只有两个角色，但他们经历了好几个阶段。人的循环在婴儿奥克和年老的乞丐由理生之间进行，然后又逆向进行。自然的循环序列为：特扎（代表必然性），伐拉（代表诱惑者）和拉哈勃（代表毁灭者），然后再逆向进行。

按照布莱克的观点，人在未堕落以前，本无性别之分。但"我"见到的是一个堕落的世界，因此有了男女之分。——译注

② 指耶稣被钉死在十字架上的受难。——译注

她切开他的胸膛取出心脏
使它感到寒热交替的痛苦①。

她扳着手指点数每根神经
就像守财奴点数他的黄金;
她依靠他的尖叫和哭喊生活——
他越长越大,她越活越年轻,

直到他变成一位热血少年
她也变成一位漂亮处女;
于是他扯碎他的锁链
把她捆起来取乐自娱。

他把自己种在她的神经里
就像一位农夫种他的田,
她变成了他的栖息之地
一座果实累累的宽敞花园。

衰老的影子徘徊在小屋周围,
不久他就渐渐憔悴下去,
小屋里堆满了金银珠宝
都是他凭辛勤劳动积聚。

---

① 指普罗米修斯的痛苦。——译注

这些都是人的灵魂的珠宝:

宝石有如害相思病的眼睛,

还有无数痛苦的心,殉道者的呻吟,

和情人的叹息铸成的金银。

它们是他的肉也是他的酒:

他用来喂养穷人和乞丐

以及徒步旅行的游客;

他的大门永远对他们敞开。

他的悲哀是他们永恒的欢乐,

他们围起围墙盖起屋顶——

直到从那壁炉的火焰中

跳出一位娇小的女婴!

她全身仿佛凝固的火焰

闪耀着金银珠宝的光彩,

他不敢伸手去碰她的身体,

也不敢把她裹进他的襁褓①。

但她来到她所爱的男人中,

不管年轻衰老贫穷富贵;

---

① 布莱克认为,女性作为母亲可以把男人(婴孩)裹在襁褓中,但男人无法把女人裹起来,因此女性作为母亲和情人能够统治男性。——译注

他们马上赶走了老东家

一个乞丐在别人门口徘徊。

他哭泣着到处流浪奔走

直到有人把他收养；

他眼瞎背驼，伤心苦恼，

直到赢得一位姑娘。

为了温暖他冻僵的晚年

这可怜人把她紧抱在怀中：

乡村小屋在他眼前隐退，

他也看不见花园里可爱的美景。

客人们四散到各个地方

（转动的眼睛，转变了一切）；

这感官在恐惧中自己滚动，

平坦的大地变成一个球体①。

日月星辰全都退缩变小——

茫茫荒原无边无沿，

没有什么东西可供吃喝

黑暗笼罩了整个荒原。

---

① 布莱克坚持认为，对于想象的眼睛，地球是平坦的；将地球看作在空间中转动的球体，就是降格为非人化。——译注

她婴儿的双唇就是蜂蜜，
她甜美的微笑就是面包和酒，
她的眼睛顾盼流转，
哄慰他回到少年时候。

因为他又吃又喝渐渐成长
一天显得比一天年轻；
他们两人在荒原上漫游
满怀恐惧和沮丧之心。

像一只野鹿她飞奔而去；
她的恐惧在荒原种下丛林，
他白天黑夜将她追逐
凭借种种爱的哄骗艺术。

凭借种种爱与恨的技巧，
直到广阔的荒野种上了
任性的爱的迷宫曲径，
狮狼和野猪在那里出没咆哮。

直到他变成一个任性的婴孩
而她变成一个哭泣的老妇人。
然后许多对情人游荡到这里，

太阳和星辰越滚越近,

树林生出甜蜜的狂喜
赐福给所有游荡在荒原上的人们,
直到荒原上建立起许多城市,
许多愉快的牧人的家园。

但当他们发现这蹙额的婴孩,
恐惧降临了荒野地区,
他们惊呼,"这婴儿!这婴儿出生了!"
然后向四面八方逃遁。

因为谁敢碰这蹙额的婴儿,
他的四肢就会衰竭直到脚跟,
每棵树木都落下果实,
狮狼野猪全都嚎叫飞奔;

没有人敢碰这蹙额的婴儿,
除了那位年老的妇人;
她把他钉在那块岩石上,
一切如我已讲述,从头发生。

 附录

威廉·布莱克年表

1757 年　11 月 28 日，威廉·布莱克出生于伦敦。

1767（一说 1968）年　入亨利·帕尔斯的绘画学校。

1768—1769 年　开始写作一些抒情诗，后收入《诗的素描》。

1772 年　8 月 4 日，入詹姆斯·巴塞尔雕版作坊做学徒。

1779 年　结束学徒生涯，考入英国皇家美术学院。

1780 年　7 月 6 日，卷入戈登暴动，目睹了新门监狱被焚毁的场面。

1782 年　8 月 18 日，与卡特琳·索菲亚·蒲歇结婚。约与此同时成为定期出入哈雷特·马丁夫人沙龙的艺术家圈子中的一员。

1783 年　《诗的素描》在画家弗莱克曼及马丁夫人的资助下印刷，但未出版。

1784 年　与詹姆斯·帕克合办印刷所。秋，写作《月光下的小岛》。

1785 年　离开印刷所。

1788 年　出版两个小册子《所有宗教同出一源》《没有一

种自然宗教》。

1788—1789 年　写作《特列尔》，同时为弗舍利翻译的拉法特的《箴言录》和斯威登堡的《天使的智慧》作注。并与斯威登堡协会建立联系。

1789 年　7 月，法国大革命爆发。

雕刻《提示》和《天真之歌》，并开始《天堂与地狱的婚姻》的写作。

1790—1792 年　创作《法兰西革命》，但未出版。创作《阿美利加》并雕刻其中一部分。

1792 年　9 月，瓦尔米之战爆发，此事被反映在《自由之歌》中。

1793 年　1 月，路易十六被处死。2 月，英国向法国宣战。

1793—1794 年　写作《欧罗巴》及《罗斯之歌》。《天真与经验之歌》第一次结集出版。雕刻《欧罗巴》和《由理生之书》。

1795 年　继续写《罗斯之歌》。为《阿哈尼娅之歌》和《罗斯之歌》作雕版。

1796 年　为感伤主义诗人扬格的《夜思》作雕版。

1797 年　开始写《伐拉，或四天神》。

1798 年　华兹华斯、柯勒律治发表《抒情歌谣集》。

1800—1802 年　修改《伐拉，或四天神》，并着手写作《密尔顿》。

1804 年　因被人诬告而出庭，后无罪释放。

1805 年　誊抄原稿拾遗。

1818 年　开始印刷《耶路撒冷》，并写作《永恒的福音书》。

1824 年　为班扬的《天路历程》作插图。

1827 年　开始雕刻但丁的《神曲》。8 月 12 日，去世。

1831 年　威廉·布莱克夫人去世。

图书在版编目（CIP）数据

天堂与地狱的婚姻：布莱克诗选／（英）威廉·布莱克著；张德明译.
—济南：山东文艺出版社，2020.4
（雅歌译丛）
ISBN 978-7-5329-5802-3

Ⅰ.①天… Ⅱ.①威… ②张… Ⅲ.①诗集—英国—近代 Ⅳ.①I561.24

中国版本图书馆 CIP 数据核字（2020）第 019200 号

天堂与地狱的婚姻
布莱克诗选

〔英〕威廉·布莱克　著　张德明　译

主管单位	山东出版传媒股份有限公司
出版发行	山东文艺出版社
社　　址	山东省济南市英雄山路 189 号
邮　　编	250002
网　　址	www.sdwypress.com
读者服务	0531-82098776（总编室）
	0531-82098775（市场营销部）
电子邮箱	sdwy@sdpress.com.cn
印　　刷	山东德州新华印务有限责任公司
开　　本	850mm×1168mm　1/32
印　　张	5.75
字　　数	110 千
版　　次	2020 年 4 月第 1 版
印　　次	2020 年 4 月第 1 次印刷
书　　号	ISBN 978-7-5329-5802-3
定　　价	49.00 元

版权专有，侵权必究。如有图书质量问题，请与出版社联系调换。